ぼんくら陰陽師の鬼嫁　七

秋田みやび

富士見L文庫

目次

序章

ぺたり。

ぺたり。


粘着質な足音のような、何かを引きずるような音が聞こえて、ふと目を覚ます。

目を覚ましたはずなのに、それが夢だということを何となく自覚できていた。

布団の中。

肩まで安心できる重い温かさにくるまれ、ほかほかとした手の指先の血の巡りまで感じられる。

足先は少し、冷たい。なので無意識に足の親指同士を擦《こす》り合わせるようにして、熱を生もうとした。

モゾつくと、ぼんやりと見える布団の膨らみが、その動きに合わせてかすかにうごめく。

月明りが薄く遮光カーテンの隙間から差し込んで、畳に白い筋を引いているのが妙に意識に障った。

ぺたり。

——……くちゃ。

徐々に近づいていた粘着質な音が、ふと止まる。

襖《ふすま》の向こうに息を殺して誰かがいるような、重い空気が布団ごしに圧《お》し掛かる。

何か、声を出そうとしたが、口唇《くちびる》と喉《のど》が僅《わず》かに震えただけだった。

声が出ない。

いつも、傍らにいるはずの子たちに声をかけようとするのに、まるで声の出し方を忘れたかのように、ぱくぱくと口唇が言葉の形を繰り返すだけだ。

じわりと、焦りが浮かぶ。

夢だ。

これは夢だ。

わかっているのに――。
ふと気づけば、視線は独りでに自身の膨らみを帯びた布団へと移動している。
誰かが、足元に蹲《うずくま》っているような気がした。姿は見えないのに、呼吸音が聞こえる。
ひゅう。
ひゅう。
浅く、短く繰り返される、苦し気な音だ。
時折呻《うめ》くような声が混じっている気がして、小さく身体《からだ》が震えた。
――ずず。ずず。
粘着音が再開されるとともに、何かを擦るような音が聞こえる。
畳を、誰かが這《は》っている……？
足元の気配が、ジワリと近づいた。
猛烈な拒否の感情が湧き上がり、悲鳴を上げようとして――大きく息を吸い込んで、目を見開いた瞬間、再び見慣れた格天井《ごうてんじょう》が目に飛び込んでくる。

先ほどとは比べ物にならない鮮烈さで。


そこで、夢は途切れる。

今度こそ、目を覚ましたのだと大きく息を吐くと、傍らで甲羅状態になっていた黒い亀が、首だけを少し出して、小さくそれを傾けている。

薄く開いた遮光カーテンの狭間《はざま》からは、鮮やかな朝陽《あさひ》が差し込んでかすかに埃《ほこり》を反射させていた。

第一章　春はざわめく

四月上旬——もう、関西の観光名所のソメイヨシノはほとんど散り、桜の枝には小さな棘《とげ》のような若芽が目立ち始める頃合い。北御門《きたみかど》流陰陽道《おんみょうどう》の宗家である北御門家に、住人がうっかり一人増えていた。

いや。本来ならば一人戻った、と表現するのが正しいのかもしれないが、昨年の秋に芹《せり》が北御門家に嫁入りした時には影も形もなかった存在のせいか、微妙に違和感甚だしい。

特に、芹自身はまったく顔を見ていないのに、食事の量だけ一人分増えているあたりが。あと契約旦那《だんな》のパジャマの洗濯回数が、多くなった。新住人に、貸してるせいだ。

「芹。食器返ってきた、このまま片付けていいか？」

とうに夕食を終えて、テレビが垂れ流しているバラエティ番組の笑い声が響くリビングで、レシートを見ながら家計簿をつけていた芹へと、仮初の伴侶《はんりょ》である北御門皇臥《こうが》が声をかけた。片手には、トレイと重ねられた食器が載せられている。

「あ、了解。テーブルに置いておいてくれる？　一応、確認してから片付けるから」

「律《りつ》が洗ってくれているから、そのまま片付けて大丈夫だと思うが……」

皇臥が言われるままに、トレイごと食器をダイニングテーブルに置き、リビングへとやってくる。

入れ替わるように、芹はリビングから腰を浮かせた。

すぐそばのソファで、家計簿をつける芹の真似《まね》っこをするように、それぞれ黒と白の振袖《ふりそで》を身に着けた幼い双子の式神・護里《まもり》と祈里《いのり》がチラシの裏に落書きをして遊んでいる。護里が、皇臥に気付いてぱっと表情を輝かせ、自分の落書きを掲げた。

「……鷹雄《たかお》さん、ちゃんとご飯食べた？　残さず？」

料理を盛って託した食器や箸《はし》はすでに綺麗《きれい》に洗われていて、残飯の欠片《かけら》もない。

「ああ、多分な。あいつ、偏食は激しいが、律と伊周《これちか》がそれを許さんだろうからな」

「好き嫌いあるんだ。……お見舞いに、顔、見に行っちゃダメ？」

そこまで深い意味もなく、何となく問いかけてみただけだったのだが、リビングで護里の頭を撫《な》でていた皇臥が、ものすごく嫌そうな顔をしたのが芹からよく見えて、思わず噴きそうになった。

鷹雄光弦《こうげん》――諱《いみな》ともいうペンネームを持つ、推理小説家を数日前に某所から回収し、現在は北御門家の本邸に押し込んでいる。

本名を北御門貴緒《たかお》。皇臥の実兄で、芹にとってはいわゆる小舅《こじゅうと》に当たる存在だ。

どういう事情かはまだ聞いていないが、皇臥と兄・貴緒は仲が悪いらしい。一度、尋ねてはみたが「性格の不一致」と、さほど冗談でもなさそうに零《こぼ》していた。多分、これは嘘《うそ》ではない。

「ちょっと、顔見てみたいだけなのに、そんな力いっぱい嫌そうな顔しなくてもいいんじゃない？」

「なんであいつに対する芹の好感度が高いのかわからん。あんな目に遭ったってのに」

ぼやきながら、皇臥は長身をソファに投げ出すように倒れこんだ。端っこに座っていた祈里が、やや迷惑そうに顔を顰《しか》めていたが、転がった皇臥が脇を支えるようにして腹の上に乗せると、祈里も微妙な顔ながらも一緒に重なるようにして寝転がる。

「だって、もともとは鷹雄さんが悪いわけじゃないし。言葉は足りないけど」

数日前の出来事だが、芹にとっては喉元過ぎてしまえばなんとやらである。

「そうだな！　全部、当主として無能な俺のせいだな、ごめんなさい！」

「そこまで卑屈にならなくても」

ソファに顔を伏せて吠《ほ》える皇臥に、芹も困ったように笑うしかない。ちがう、と否定できないところが難しい。

それを誤魔化《ごまか》すように、返却されてきた食器を汚れがないか確認し終わって、キッチンボードへと戻していく。

いつからなのかは知らないが、『北御門家』に対する呪詛《じゅそ》——それを、北御門家の次男坊は一手に引き受けていたようなものなのだから。

「ていうか。一応、同居……というか、家族なんだから食事の好き嫌いくらいには気を遣ってみようかなって、思っただけなんだけど」

「そんな必要ないぞ。アイツが一言でも文句をつけたりしたら、膳《ぜん》ごと下げろって律に言いつけてある」

横目に見る皇臥の頰がハムスターのように膨れていて、芹は懸命に笑みを嚙《か》み殺す。怜《れい》悧《り》な整った顔立ちの大の男が、子供っぽく拗《す》ねている。

芹には、その様子が何となく微笑《ほほえ》ましい。

芹は一人っ子だった。ゆえに兄弟姉妹という存在には微妙に憧《あこが》れがあるのだ。とてて、と近づいてきた黒い振袖を身に着けた黒髪の幼女が、芹の腰あたりに、ぎゅう、と両腕でしがみ付いてくる。

それを抱きしめ返して、妹成分を存分に堪能《たんのう》しておいた。

「んー、その料理を作るほうとしては、食べてる様子とか表情で、好き嫌いとか味の好みとか見れるのは、結構ありがたいんだけどな。皇臥やお義母《かあ》さんの味の好みは大分把握できるようになったけど、鷹雄さんは、まだ全然だしリサーチくらいしたいじゃない」

「ピーマンとシイタケ、山ほど出しとけ」

「ああ、その二つは苦手なんだ」

意外と子供のような味覚だ。

芹は心の隅っこに、その二種類の野菜を書き込んでおいた。

キッチンボードへと食器を片付け終わると、再びリビングのテーブルへと戻っていく。

今日の買い物の計算がまだ途中だ。

スーパー等で一気に買えば一枚のレシートにまとまっていて楽だけれど、市場を回って安そうな商品を見るのは結構楽しい。

ラグに腰を下ろすと、気付けば深いため息が漏れた。その様子をソファで見守っていた皇臥が、僅かに眉《まゆ》を寄せる。

「――……芹、体調はまだ悪いのか」

「んー」

内心、しまったと呟《つぶや》き、芹は少し確かめるように右肩を回す。さっきまでずっと同じ姿勢をしていたので、強張《こわば》ったような感覚がじんわりと残っていた。

「別に医者に行けとは言わんから」

「あれ、顔に出た？　まあ、ちょっと……だるい感じはある。こんな風に風邪が長引くことって、今までなかったんだけど。最近、眠りが浅いせいかな」

「辛《つら》かったら休め。レシートがあるなら家計簿くらい、俺だって付けられる」

「お気遣いありがと。やばい……うっかり誘惑に負けて、安売りのお菓子買ったのバレちゃうなあ」

思いがけず真面目な言葉をかけられて、芹は少し戸惑う。戸惑って……結局冗談めかして、誤魔化してしまう。

「そろそろ学校も始まるんだろう。精彩を欠いた顔をしていると、友人にも俺以上にうるさく言われるんじゃないか？」

「あー。それは、わりとあるかもしれない」

以前から色々と、芹に気を遣ってくれる友人たちだ。

親友の真田愛由花《さなだあゆか》をはじめ、芹の事情や、去年のアパートの火事と、それに連動しての結婚という環境の変化に、何くれと心配をしてくれている。

「じゃあ、心配かけんように少しでも体調回復に努めろ」

「はーい」

教師に注意された子供のように返事をすると、芹はちらりと横目で皇臥を窺《うかが》った。

ソファに転がった長身の上に、祈里がちんまりと座っている。時折、祈里がゆーらゆーらと身体《からだ》を揺らすたびに「あー」と言葉になっていない声が漏れている。

「……あのね。わたしの体調気遣ってくれるのは嬉《うれ》しいけど、皇臥も最近、妙に疲れてない？」

いささかじじむさい光景に、そろりと窺うように、尋ねた。

「おう。うちに一人居候を抱えることになったうえに、その居候がマジであちこちに敵作りやがる。俺と母だけじゃなく、式神連中との諍《いさか》いを仲裁するのが、めんどい。むしろ奴が弱ってるうちに俺も骨肉の争いにガチ参戦したい、なんで止める側なんだ。蹴《け》りたい。祈里みたいに、助走つけて蹴りたい」

「祈里ちゃん⁉」

なにをやらかしているのかと、芹は皇臥の背中に乗ってマッサージャー代わりになっている白振袖の幼女へと、思わず裏返った声を上げた。叱られると思ったのか、大人しく座っていた幼女は、するりと白蛇の形へと変化し、皇臥の服の中へと潜ってしまう。

「大丈夫だ、一応、貴緒も顔面に喰《く》らうようなへまはしなかったようだしな」

「いや、それを大丈夫っていう⁉　男兄弟のコミュニケーションってそんな物騒な肉体言語を使用するものなの⁉」

「ちなみに、護里も貴緒が風呂《ふろ》に入ってるのを見計らって、そっと風呂場の電気を消してるぞ。昨日は間違えて、真咲《まさき》だったようだが」

「護里ちゃんッ！」

芹にくっついていた護里も、するっと剝《は》がれて、素早くソファに乗り上げると同時に黒い亀の姿へと変じ、皇臥の身体の陰に、隠れようとする。

気付けば、黒亀と白蛇の玄武《げんぶ》揃《そろ》って、皇臥を盾にしている状況だ。

それはそれで可愛《かわい》い姿だが、さすがに誤魔化されるわけにはいかないように思えて、芹も渋面をつくって、式神たちを叱ろうとした。

「悪い子は、明日学校に連れてってあげません。誰に、どんな悪さするかわからないから。あー久々に友達と顔合わせるから、スイーツ食べに行くくらいはするかもと思ったんだけどなー」

「せりさま！　まもり、はんせいしました！」

黒い亀がすかさず、小さな手を挙げてアピールしている。

「これからはちゃんと、たかおをたしかめてから、でんき、けします！」

「惜しい！　必要なのは嫌がらせ成功確率を上げるほうの反省じゃない！」

「たかおにしかしません！」

「人を選べばいいというわけじゃないなー！」

堂々と宣言している護里とは違って、祈里は明後日《あさって》の方向を向いている。

「……………護里ちゃんが、誰かにこんな風に積極的に悪さするのって、すごく珍しいと思うんだけど」

いつもにこにことしている甘えん坊の護里の、思いがけない塩対応に芹も困惑を帯びるしかない。

「まあ、ほぼ唯一だな」

自分を盾にしている玄武の双子たちを、掌《てのひら》に掬《すく》い上げるようにして、ソファに寝ころんだままの皇臥は生温かく笑った。そのまま小さな亀と蛇を、ゆらゆらとあやすように揺らしている。

「貴緒に隔意がないのは、今起きてる十二天将の中じゃ、テンコと錦《にしき》くらいのもんだ」

「その二人が、新しい式神だから？」

「そういうことだな。あいつがいなくなってから作成したから、貴緒と関わってない」

よ、と短く声を漏らして、皇臥は弾みをつけるようにして、身体を起こし、座り直した。

自分の膝《ひざ》の上に、玄武たちを乗せると、どちらも心得たように黒髪と白髪の対照的な幼女姿へと変化する。

「あと、一応言っておくと……というか、多分だが、貴緒嫌い度は、祈里よりも護里のほうが高いぞ」

「え、うそ」

「うそじゃありません、せりさま！」

再び、黒袖《くろそで》に包まれた細っこい手を挙げて、護里が堂々と保証している。これだけ朗かにのたまわれると、芹としてもどう注意したものかと、反応に困る。その嫁と式神の様子に、さすがに皇臥も苦笑いしつつ、膝に乗る黒い小さな頭を宥《なだ》めるように撫《な》でた。

「……むしろ、祈里は珍しく貴緒のことは好きなんじゃないかという疑惑がある」

「すきじゃないです」

舌足らずだが平坦《へいたん》な声が、間髪を容《い》れずに主人の疑惑を打ち消してくる。護里と反対の膝に乗った白蛇の幼女が、表情一つ変えていない。

「…………北御門家、人間関係に問題ない？」

「せりさまは、だいすき」

「知ってる！　ああ、もう、可愛いなあ！」

思わずハグ待ちの姿勢で両手を差し伸べると、祈里が身軽に皇臥の膝から飛び降りて、その腕の中に飛び込んできた。それを見て、負けじと護里も芹へと飛びつこうと遅れて駆け寄っていく。

「まもりもー！　まもりもせりさま、だいすきです！」

「芹、色々と誤魔化されてるぞ！」

「いいよ。護里ちゃんと祈里ちゃんにならだまされても、幸せだから、癒《いや》されるから」

二体の契約式神たちとじゃれ合う嫁の姿に、ずり落ちそうな姿勢でソファに座っていた契約夫が、思わずといった態で非難の声を上げている。

普段からの、北御門家のリビングでの光景だ。

頬を寄せて抱きしめると、幼女の式神たちはその姿に似つかわしくなく、その頬はひんやりと冷たい。

その冷たさを味わうように、芹は無意識にいつもよりもぴったりと頬ずりをした。

普段よりも若干しっかりとした濃いめのスキンシップに、双子たちは主《あるじ》に存分に甘えながらも、一瞬怪訝《けげん》そうに、本来の主である北御門家の家長へと視線を投げた。

どこか不安そうにも見える様子に、それを受け止めた切れ長の眦《まなじり》が、かすかに翳《かげ》る。

「……芹、これはやきもちじゃなく、心配から言うんだが。家計簿の続きは俺がやるから、今日は早く寝ろ。学校に、隈《くま》刻んでいくわけにはいかんだろ。現金足りない分は、あとでチェックしてくれればいい」

「んー。わかった。じゃあ、お言葉に甘えて、お風呂いただいて寝させてもらうね。護里ちゃんか祈里ちゃんおいてく？」

「別に、俺の式神が俺より芹に懐いてることに、妬《や》いてるわけじゃない！　……ゼロではないが」

鈍いのか聡《さと》いのかわからない契約嫁のセリフに、じんわり眉間《みけん》に皺《しわ》を刻みつつ、ふと気づいたように皇臥は素直にリビングから出ていこうとする芹の背中へと声をかけた。

「あ、いや。そうだな……祈里を置いてってくれ」

——普段から表情薄いながらも、機嫌のよさそうだった玄武の白蛇が、振り返った一瞬、ものすごく露骨に嫌な顔をしていたことに、ささやかながら本気で傷ついた北御門家二十八代目当主だった。

◇

二年弱ほど前に北御門家の敷地《しきち》奥に建てられた現代住宅である離れへと、北御門家の家人たちは起居を移した。

去年末に、押しかけ内弟子である八城《やしろ》真咲が本邸で生活するようになるまで、夜の本邸は十二天将と呼ばれる北御門家の式神たちのみのテリトリーとなっていたのである。

代々の北御門家当主一家に、複数の内弟子を抱えることが普通だった日本家屋は、古くはあるが一般家庭に比べればはるかに広大だ。

その一角、家屋の西側には、四畳半の間と三畳間の続き部屋という、意味が分かるとやや物騒な設《しつら》えの部屋があった。

今は、その三畳間に古いブラウン管テレビが置かれている。以前は置かれていなかったはず――というか、相当昔に納戸に片づけたはずの骨とう品である。

さすがに北御門家とはいえ、今は地デジ対応して薄型テレビで番組を視聴している。

そのブラウン管テレビに、これまた古いゲーム機がつながれており、カセットが差し込まれたままになっていた。

小脇に、不満げな祈里を抱えていた北御門皇臥は、危うく躓《つまず》きそうになり、それをすんでのところでかわし、事なきを得た。

「誰だ。こんなものを持ってきたのは」

ぼやくように、独り言《ご》ちた皇臥の言葉に応じたのは、続き間の奥に通じる襖《ふすま》の向こうからだ。

「律さんすよ、師匠。夜中、無言で鷹雄先生を見張るのはつまらないそうっす」

よく知る声だ。

北御門家の現在唯一の内弟子、八城真咲である。

襖を開けると、大柄で金髪の男が盛り上がった布団の脇で胡坐《あぐら》をかいており、何やら本を読んでいたようだ。

黄色っぽい古い照明に照らされた題名を見ると、『廃園の恋人幻想殺人事件』とある。

「むかついたら、目の前で音読してやろうと思って、持ってきたんす。前に借りっぱだったんで」

「天才か」

八城の言葉を皇臥が短く受け流そうとしたところに、さらに低いやや掠《かす》れた声音が割り込んできた。

「まったくだ。ちなみにそれ系の嫌がらせはよく知らない男にやられても、一般読者と変わらんからダメージはない。この場合、そこの無能かババアのほうがこっちの精神的嫌度は増すぞ」

「そういうもんか。じゃ、師匠」

人間形に盛り上がった布団から飛ぶ助言に、八城が素直に本を皇臥に差し出した。

何となく流れで受け取って、渋い表情でそれを脇に置きながら、皇臥は八城の傍らに同じように腰を下ろす。小脇に抱えていた祈里は、そのまま膝に置く。

捕らえられた宇宙人《リトルグレイ》の写真レベルでぐんにゃりとしていた祈里は、表情を虚無にしたまま為《な》すが儘《まま》である。

「珍しいっすね。祈里ちゃんが芹先輩から離れるなんて」

「特に、俺に連れられてるのが珍しいか？　珍しいだろう。ものすごく嫌な顔されてるぞ。見てわかるだろう」

「師匠、その自虐はオレの立場からじゃ笑えねえす」

皇臥の膝で不満げに脱力している祈里を一瞥《いちべつ》し、八城は力なく形だけ笑うしかない。

布団には、北御門貴緒が横になっていた。

横に――とはいえ、数日前の病人状態から、ずいぶんと回復して風呂に入り身繕いもできるようになっている。

身に着けたものが皇臥のパジャマなのは、着ていた服がクリーニング中で予備がないからだ。半ば土気色だった顔色もましになり、ただの青白い顔になっている。隈は薄くなり、頬のこけ具合も、普通の不健康レベルに落ち着いたようだ。

しばらく会わなかったが、実の弟の目から見ると通常運転近くに復調したといえる。

「……なぜ、この部屋に溜《た》まる。うざい。出ていけ」

「師匠。この人、息するように罵倒《ばとう》が出るんすけど」

「口が臭いのと同じだ、どうしようもないんだろう。今はスルーしておけ」

「口臭はミント系でも口内にぶち込んでやりゃ何とかなりますけど、この人オーラルケアする気、まったくねえじゃねえっすか」

「わかった。今度貴緒がむかつくようなことを口にしたら、著作の恥ずかし気な部分をセレクトして音読する。伊周も交えてだ」

弟子の訴えに、皇臥はさりげなく己の脇に置いた本を、軽く掌で叩《たた》いた。

「おい律。この師弟は常にこうか」

報復がやや嫌なのは認めざるを得ないのか、鷹雄光弦のペンネームを持つ男は不快そうに眉《まゆ》を寄せると続き間を隔てる襖へと声をかけた。

「まあ、大体はそうでございますね」

続きの間に入ってきたらしい小柄な老女。十二天将・大陰《たいいん》の銘を持つ律である。皇臥の戻りに合わせて三人分の茶を用意していたらしく、薄く襖を開いて肯定の言葉と共に盆をそっと差し入れた。そして、また引っ込んでいく。

盆の上には、白く湯気の立つ湯呑《ゆのみ》とおかわり用の急須《きゅうす》だけではなく、キシリトール系のガムのボトルが載せられている。

皇臥はそれを受け取ると、ガムのボトルを破門済みの兄の布団へと投げ、自分と弟子の分の湯呑を、傍に引き寄せた小さな卓へと置いた。

最後のひとつは、布団の男にではなく自分の膝で拗《す》ねた幼女へと差し出している。

「祈里。芹に変わったところはないか？　体調が悪化しているような様子は？」

膝で不機嫌な猫のような気配を漂わせていた白い振袖姿の幼女は、皇臥のその問いかけに二度ほど瞬《まばた》きをして、少し身を起こした。

「護里は、何か気づいた様子はなかったか？」

至極真面目な口調にて重ねて問うと、北御門芹の古くからの契約式神である玄武の片割れは、かすかに眉を寄せる。

「芹と護里の変化に、一番最初に気付くなら、お前だと思った」

「――……なにも、ありません。ただ、芹さまずっと、ねむりがあさいです」

一言一言を考えこみつつ、幼女姿に似つかわしくない言葉を探るような様子で、祈里は慎重に応《こた》えてくる。

その言葉の合間に、小さくかしかしと、ガムの糖衣を噛《か》み砕く音が差しはさまれた。布団から身を起こして、差し入れのボトルガムを取り出した北御門貴緒だ。

「芹さまは、へいきといいます。でも、こんなふうに、ぐあいわるいの、ながいこと、なかったです」

「芹は案外健康優良児だからな。俺が風邪を引いても、芹は全然平気だったぞ」

「そりゃ、師匠が真冬の川につっころがされたからでしょ」

去年末。葦追《よしおい》の一件の直後、皇臥が風邪を患ったことは、ちょうど弟子入り希望で押し掛けていた時期だった八城もよく知っている。

「はんにんは、いのり」

「そこでなんで、自慢げになるんだお前は」

膝《ひざ》の上で微妙に姿勢を正す式神の小さな頬を、両側から指で軽く挟むようにして引っ張った。ふに、と顔が微妙に変形する。さすがに不快らしく、いやいやと首を振る動きに逆らうよう、しばらく揺らしてから、皇臥は幼い式神を意地悪から解放する。

「なにかあれば、まもりちゃんが、きがつきます。でも」

「護里は何も感じ取ってないか……」

式神とのやりとりをかわしながら、皇臥は何気なく己の内弟子へと視線を向けた。

おそらく、双方の会話を聞いていたのだろう、八城は驚いたように目を瞠《みは》っていたが、一拍遅れて慌てて首を左右に振った。

北御門家で最も霊感が強いのは、八城真咲だ。それに関しては強い信頼があるが、意外なことを問われたような彼の表情を見ると、確かに何も違和感を感じていないということだろう。

もぐもぐもぐもぐもぐもぐ。反対側では、静かに黙りこくってガムを噛んでいる男がいる。不作法な音は立てていないが、忙《せわ》しなく顎《あご》を上下させているのは、微妙に気に障る。

「こいつが黙っていても話していても不快というのは何でだ」

しばらく、無言でガムを噛み続けていた貴緒は、弟の不満げな様子を気に掛けることはなく、それからたっぷり一分間噛み続けると、やがてポトルに入っていた薄青の付箋のような捨て紙を取り出し、ぺっとガムを吐き出した。

「阿呆《あほう》。不快なのは、こちらじゃなく、現実逃避がうまくいかなかったからだろうが。人のせいにするな」

吐き出したガムを丁寧に捨て紙にくるんで、部屋の隅のゴミ箱に投げ入れようとする。

「野崎《のざき》芹は、ただの体調不良。北御門家の呪詛《じゅそ》にかからなかったのは、偶然。あるいは幸運。そう思いたかった。思いこもうとしたが、うまくいかずに現実を見ざるを得なくなった。別口の呪詛にすでにかかっているからこそ、新たな呪詛を受け付けなかった。だから、その不快と不安を、手近な相手へと押し付けたい。そして、その手っ取り早い嫌いな相手が――俺だ」

最後の一言で、なぜか自信たっぷりに胸を張っている。そして北御門貴緒は、一拍置いて、口唇《くちびる》の片方だけを吊《つ》り上げるような笑みで、弟を見遣《みや》った。

「へたれめ」

間違っていないだけに、ぐうの音も出ない。

「――……マジすか」

傍らの八城が、掠れた声を漏らした。

「芹先輩に呪詛って。いや、でも、護里ちゃんが気付かないって、なんでっすか？ ていうか、オレも気付かなかったっすよ。オレ、芹先輩と親しくなったのは去年末からだから、長くも深くもないっすけど、でもヤバい匂いがしたら、絶対にわかりますって。だって、花嫁衣裳《いしょう》の時、ぶわって、来ましたから！ あれ、呪詛の類いっすよね」

八城の感覚的すぎる疑問に、皇臥が眉間《みけん》に深く皺《しわ》を刻む。

「そうなんだ。祈里は、そういった霊的感覚を意識的に弱めに調整してあるから、若干仕方のない部分はある。が、護里はそこそこ異常を感じ取れるはずだ。だからこそここ数日、護里が芹に何も不安を感じていないってことが、信じられない。あとは、錦もだ」

護里と祈里は互いに補い合う形に、北御門十二天将の一角、玄武の一対として皇臥なりの枠を凝らした調整を為した式神である。

とはいえ、自身が幼いころの式神なのだから、抜けた部分——思わぬ死角が生じることはあるかもしれない。しかし、最新の式神、特に霊的感覚への鋭さを強めた見鬼《けんき》の式神である錦が、北御門芹に対する呪詛を見逃すようなことがあるだろうか？

「……まあ、錦は芹にべったりってことはないから、あり得るのかもしれんが……」

皇臥の呟《つぶや》きを無視するように、貴緒はガムのボトルを開けて新しい粒を口の中へと放り込もうとしていた。その仕草が妙に癇《かん》に障って、その手の動きを阻止する。ぺちりと骨ばった手首を叩けば、はずみでガムがころりと布団の上に転がった。

貴緒はその薄青い粒、それから不快そうに弟の顔へと、緩慢に視線を移す。

「何なんだ」

「我関せずの顔してんのが気に入らん」

「関するはずがあるか。俺には関係ない、嫁くらいぼんくら当主が守れ」

「それが出来たら、わざわざここで祈里と八城と話してるわけないだろうが！　今まで、北御門に対する呪詛を止めていたんだろう、何か漏れはなかったのか？　なにか手がかりは？　ていうか、今更だが改めてありがとう！」

半ば胸を張るようにして、皇臥は会釈のように頭を下げた。その様子を見ていると、八城には北御門家共通の微妙な性格傾向が見えるような気がしなくもない。

皇臥の膝で真剣な表情をしていたはずの祈里は、のそのそと這《は》うようにして八城の横へとちんまり腰を下ろし直して、本人なりに黙考しているようだ。

「別に、礼が欲しくてやってたわけじゃないからやめろ、気持ち悪い」

貴緒は心底気持ちの悪そうな表情を浮かべ、吐き捨てるように礼を撥《は》ねつけた。

「ああそうか、気持ち悪いか。ざまあみろ、ありがとうありがとうありがとう！」

「うわ、うっぜ」

子供の喧嘩《けんか》のような言い合いに発展し始めた時、背後の襖《ふすま》が音もなく開き、三畳間に待機していたと思われた律が踏み込んできた。程よく黒髪が残った白髪を模した髪を後頭部に品よくひっ詰め、割烹《かっぽう》着を身につけて日々、北御門家の手入れを役目とし、本邸を守っている。

普段柔和な表情をしている小柄な老婦人は、今だけは無表情に四畳半の間に踏み込むと、祈里を抱き上げた。

「まったく。まだ幼い子の前で、大人気ないものですねえ。ご主人様も、お客人も。悪い影響が出たら、どうなさるおつもりやら」

愚痴のような言葉を零《こぼ》し、そのまま背を向けて、外へと歩き出す。祈里は、抱き上げられたまま目を白黒とさせているものの、抗《あらが》う気はなさそうだ。自分よりも少し大きいくらいの背丈の律に、孫のように軽々と抱かれて連れ出されていく。

三畳の間ではブラウン管テレビの電源が入っており、なにやらアクションゲームの電子音がぴこぴこと響いてきていた。

「まったく、北御門の男衆は、何年経《た》っても、お変わりないことで」

祈里を抱き上げたまま、律が続きの間への襖の敷居《しきい》をまたぐと、すとんとスムーズに襖が閉じて、テレビゲームの電子音が遠くなる。――祈里は、律の両腕に抱えられたままだ。

「……あの」

一部始終を見ていた八城が、消えた律を人差し指でさす。

互いに気まずそうな空気を滲《にじ》ませながら、口喧嘩《くちげんか》の矛を収めざるを得なくなったらしい北御門兄弟は、苦々し気に互いから視線を外している。決して広くはない閉ざされた部屋なのに、冷え冷えとした風が吹き抜けるかのようだ。

「一つ、言っておいてやる」

布団に落ちた粒ガムを拾い上げ、口の中に放り込む前に、北御門貴緒は一度顔を上げた。そのまま、倒れこむように布団へと再び横になる。

「俺が、北御門の呪詛を止め始めたのは、半年ほど前からだ。いくつか、用意してあった贋物《あかもの》が崩れた。どうせなら無能の泣きっ面でも見に行くつもりでな」

「半年前ってことは、結婚したばかりだな！　幸せ絶頂で泣きっ面など無縁だったとも！

お生憎《あいにく》だったな！」

「……ほほう」

子供っぽい見栄《みえ》に対して、了解したという意味だったのか、単なる相槌《あいづち》だったのか。わからないが、貴緒の短い響きの中に疑わし気な嘲《あざけ》るようなにおいを感じて、皇臥は視線を逸《そ》らして微妙に唸《うな》る。

「そんなことはどうでもいい。だが、それ以降、俺が準備をしていた呪詛を集束させるための術を、すり抜けえる可能性があるとしたら。俺を超える巧みな術者か、強力な術者。または相当以前から計画的に呪詛を編んだかのどれかだ。ああ……あと一つの可能性はあるが、それはまあ、どうでもいいだろうクソ雑魚《ざこ》ナメクジだ」

北御門家の天才陰陽師《おんみょうじ》は、そう口にして粒ガムを噛み締める。

かしかし、と再び糖衣を噛み砕く音が密《ひそ》やかに部屋へと満ち、淡い清涼なミントの香りが漂った。

皇臥はそのまま無言になった兄・貴緒の横顔へと溜息《ためいき》を一つ落とすと、指の仕草で八城を促すと、ともに部屋を後にする。

三畳間では、大陰の律が古いゲーム機で遊んでいたが、祈里はどこかに放流されたらしく、その場にはいない。

「もうちょっと、話聞かなくてよかったんすか？　芹先輩、また、呪詛かかったんすよね？　確かに、体調悪そうって話を、高倉《たかくら》家の笑《えみ》ちゃんとしてたんすけど」

律の邪魔をしないように外へと出ると、八城が声を低めて、師へと問いかけた。

意外と、トラブルを引き寄せる体質なんじゃないだろうかと、自分のことを棚に上げた内弟子は師匠の嫁を思い返す。明日、自分のミニバンで一緒に登校する予定を立てている。ちなみに、皇臥の実母であり、姑《しゅうとめ》である北御門史緒佳《しおか》も、偶然カルチャースクールの講師の予定なので、一緒に送っていく予定だ。

「あれ以上は、話しちゃくれんさ」

「そうなんすか？」

「あいつ、子供の頃からガム嚙みながら話せないんだ」

「……そういう理由？」

育ちがいい、というべきか、単なる不器用か。

釈然としないものを抱えつつも、内弟子は外廊下を歩む師匠の後を、二歩遅れてついていく。

「んでも。芹先輩が言ってましたけど、師匠、呪詛ってのが一番苦手っすよね」

北御門家では公然の事実だ。否定もできず、皇臥は自分の髪を指で掻《か》き乱した。

庭から、ジー、とクビキリギスの音が聞こえてくる。『さばまるファンシーランド』でも満ちていた自然音だが、同じ音がこうして聞こえてくるとあの夜がまだ悪夢を伴って続いているような錯覚に見舞われる。

「芹先輩には、言わないんすか？　体調悪そうなの、多分呪詛だって」

何気ない八城の問いかけに、ぴたりと皇臥が足を止め、思わず間に合わずに師弟がぶつかりそうになってしまう。

「鷹雄先生が知ってて、祈里ちゃんが知ってて、師匠が隠してる。……家族に、自分の事情のことでハブにされんの、結構しんどくねえっすか？　オレ、以前に芹先輩に、なんで家族なのに線引くみたいに肝心なところで遠慮みたいなことしてんのかって、聞こうとしたことあるんすよ。思いとどまったけど。親しき仲にも礼儀ありってのも、わかるし」

ほんの少し前のことだ。

廃墟《はいきょ》研究会の活動で向かうはずの、『さばまるファンシーランド』を聖地とする鷹雄光弦の著作を、納戸に探しに行った折に。

妙に互いに踏み込まずにいようとするような、夫婦としては不自然にも感じる奇妙な距離感を、芹が北御門家に抱いているように思えてならなかった。

とはいえ、夫婦という関係など千差万別だ。

年齢としては19になったばかりで、恋愛経験も豊富とは言えない自分の、勝手な思い込みで乱してはいけない距離があるのかもしれない。

八城も自身の体質から、あまり人と無距離でいるのは得意ではない。だからこそ自制したのだが——。

大柄な弟子の視線の先で立ち止まった背中は、振り返らぬまま軋《きし》るように呟いた。

「……陰陽師の嫁なのに、いや、嫁だからこそか？　また呪詛にかかるとか……ずっと体調悪いとか。俺は、今度こそ、愛想尽かされるんじゃないか？」

「は？」

一瞬、冗談を言っているのかと思ったが、北御門家当主の声音は驚くほど真剣だった。

「俺のせいだって、全部、陰陽師として無能な俺のせいってので、間違ってねえし……もう、こんなところにいてられるかって言い出しても、不思議なくねえか？」

「バカなんすか、師匠」

だからこそ、思わず反射的に八城も真剣に返してしまった。

「なんでそんないきなりネガティブな考えになってるんすか。もしかして、子供が失敗を隠すみてえに、芹先輩に気付かれないうちに全部処理して、なかったことにしちまおうとか、思ってません？」

「あわよくば、そうしたいと思ってるんでさあ、これが」

門番の時間を過ぎたと判断したらしい、武者袴《ばかま》に羽織《はおり》を身に纏《まと》った、灰色の髪の巨漢がぬっと二人の間に割り込んできた。皇臥の護衛であり、北御門家の正門の番をしている、十二天将・白虎《びゃっこ》の珠《たま》だ。片腕で、むずかるような表情の祈里を抱えている。律から、預けられたのかもしれない。

「ホント、ガキの頃から、本質変わっちゃいねえんですから」

「珠」

苦虫を何匹かまとめて嚙《か》み潰《つぶ》したような表情で、皇臥は幼いころからの護衛役を制止する。なぜか、きゅう、と珠の腕の中で祈里が身をこわばらせたように八城には見えた。

「大将が、貴緒にバッキバキにプライド折られてんのは、判《わか》ってまさあな。んでも、自分らが大将って……北御門の主人って呼ぶのはあんただけっすから。もうちょいと、シャンと背筋伸ばして、前向いてもらわねえと困りやすぜ」

白い歯を見せて気楽に笑いながら、抱いた祈里を一度肩へと乗せ直し、その腕で己の主《あるじ》の背を少し強めに叩《たた》いた。

「弟子にゃ、手前《てめえ》をかっこよく見てもらいたいんでしょ。大将」

にやりと、古い付き合いの式神は意味深に八城を横目に見る。珠の視線を追い、そして今更ながら、背後に立っている八城真咲に気付いたようだった。夢から覚めたように、皇臥はぺちんと自分の頬を軽く張る。そして、無理矢理《むりやり》にでも笑みをつくろうとした。

「……出来たら、芹にもだなあ」

「そいつぁ、もう無理っしょ」

「オレが言うのも何すけど、難しいかと」

「お前ら、俺の味方でいる気ないのか⁉」

並ぶ肉厚で長身な式神と弟子の容赦のない評価に、それより若干細目に見えるぼんくら陰陽師が、悲鳴のような声を上げる。上げて、ようやく今度こそ、強張《こわば》っていた作り笑顔を本物の笑みに緩めた。

春先の夜の冷えた風が外廊下を吹き抜け、何処《どこ》から迷い込んできたのか、遅咲きの桜の白い花弁が、風花のように漂い、庭の隅に吹きだまる。

「――……正直に言うと、あまり使いたくはなかったんだが……芹の呪詛《じゅそ》に対しては対策せざるを得ん」

肩越しに十二天将・白虎を振り返り、青年は軽く顎《あご》をしゃくった。

「珠、如月《きさらぎ》を起こせ」

何かを吹っ切ったように、表情から曇りを消して、皇臥が珠へと命じる。

「うえ」

主と入れ替わるように、今度、複雑で嫌そうな表情を浮かべることになったのは、白虎の青年だった。

第二章　青い竜の影法師

1

ぺたり。

ずるり。

耳を凝らせば、何処からともなく粘着音が、聞こえていた。

何かを引きずるような。

具合が悪い人間が、無理矢理歩みを進めているようにも聞こえる奇妙な気配は、時折何かを探すように途切れ、そして再開しを繰り返している。

そして。

気付けば、その気配は息吹の揺らぎすら間近に聞き取れそうな距離。

今にも触れそうな、近い感覚。

――それを感じた瞬間、息を詰めるようにして、目が覚めるのだ。

◇

春の空気はふかふかと温《ぬる》み、日向《ひなた》は潜り込んだ布団を思わせる柔らかさで先月よりも少し薄着になった全身を包み込んでくる。

「くぁ……」

だからだろうか、気を抜くと小さくあくびが漏れた。

向かい側に座っていた友人たちが、からかうように大きく開いた口の中に、シャーペンのノック部分を入れようとしてくる。

「こらぁ」

「ごめんごめん。でも、猫ってこんな風にあくびしてると、指つっこみたくなるって思い出しちゃって」

目の前で、悪戯《いたずら》っぽく歯を見せて笑う小柄な友人が、素直にシャーペンを収めた。

学食の一角だ。

広いとはいえ、少し混みあい始めた時間帯。テーブルに仲の良い四人で座り、雑談交じりに履修する科目を相談している。

選択した授業の違いですれ違うこともあるし、生活パターンやバイトなどでばらけることも少なくなかったが、芹《せり》は割合仲のいい四人で行動することが多かった。

向かい側に座って、シャーペンでメモの隅に落書きをしているのは、平塚夏織《ひらつかかおり》。かおりんの愛称で、小動物のような愛くるしさがある。

「春眠暁を覚えずというやつ？」

「ううん。最近眠りが浅くてすぐに目が覚めちゃうんだよね」

「かおりん。春眠暁を覚えずっていうのは、春はやたら眠いってことじゃなくて、春は眠りが深くなるからうっかり寝坊しちゃうって意味だから」

「う。キコさんに添削された」

「芹は早めに帰って、寝直す？　愛由花《あゆか》ちゃんも風邪が治ったばかりなんだから、今日は無理しないように、早めに帰ったほうがええかもね」

その隣に座って、手作りだというスコーンを齧《かじ》っているのは椋本希子《くすもときこ》。大抵キコさんと呼ばれている。本人は何も言わないが、芹から見ると仕草が上品で、おそらく育ちがいいのだろう空気を滲《にじ》ませている……ように見える。たまに言葉の端々に関西風のニュアンスが混じる様子が義母の史緒佳《しおか》を思い出させて、余計にそう思うのかもしれない。よく手作りのお菓子を作りすぎたと学校に持ってくるので、芹は簡単に餌付《えづ》けされた。お菓子作りが得意ではないせいもあるのだが。

「や、わたしは平気。ちょっと風邪気味だったのは確かだけど」

少し心配げな友人の言葉に、芹は首を横に振る。振りつつ、横目で隣の席を見遣《みや》った。

「うーあー。あたしも、病み上がってるってわけじゃないけど。平気ー」

いささか間延びしたうめき声を漏らしつつ、ぐんにゃりと隣でテーブルに伏せていたのは、真田《さなだ》愛由花だ。

「そういや、あゆちゃんも、風邪が長引いてたみたいだったもんね」

アプリのメッセージで、愚痴を吐かれていたことを芹は何となく思い出した。

「そ。もう春休み終わりかけあたりから、ずっとだよー。特に予定がないからって風邪をいいことに寝て暮らしたせいか、あっちこっちだるくてさー。生活リズムぐにゃぐにゃで夜もよく眠れてなかったんだよねー」

長身を折り曲げるようにして突っ伏していた姿勢から、背筋と腕を伸ばすようにして身体《からだ》を起こし、へにゃりと笑う。普段なら短くすっきりと整えている髪が少し膨らんでいるのは、伸ばしているのか、それとも伸びているのか。

癖っ毛気味だから、伸ばしたくないとは本人の言だったが。

「でも、新学期で皆の顔見たせいかな、なんかしゃっきりしてきた。やっぱ、ある程度無理しても、身体動かして生活にメリハリ付けないとだめなんかなー」

テーブルに頰杖《ほおづえ》をついて、マニッシュな印象の表情を笑みに緩めている。

「あー。それわかる。少しくらい体調悪くても、気のせい気のせいって唱えながら動いてたら何とかなる」

「芹ちゃんは病院池《イケ》」

「はい、多数決。病院行決定。いい病院の紹介状用意しておく？」

「芹は、レッツ医者」

夏織、愛由花、希子とほぼ無呼吸で責められた。

「一人暮らしだった頃には、色々と前科もあるし何も言えないけど、今の状況でその三連撃はえぐくない？」

「じゃあ、旦那《だんな》さんに病院いけとか言われてないの？　言われて行った？」

向かい側の夏織が、ぐいと身を乗り出すようにして、芹と視線を合わせてくる。芹はさりげなく、視線を逸《そ》らした。

「………行ってない、デス」

体調が悪いなら医者に行こうと、誘い出されたことはあるし、溜息《ためいき》ひとつで心配げな表情をしている皇臥《こうが》のことを思い出し、今更ながらちくんと罪悪感が心を刺した。

「あたしは、実家で家族住みだから、多少油断しがちで、発言権ないけどー。芹は一人暮らしの時から平気で無茶するから信用できない」

「いや、ホント。経歴を含めての、日常生活、経済状況、火事、結婚と特にこの半年で色々心配をかけ過ぎたのは認める。認めるけど、もうちょっと信用してくれても……」

一番の親友である愛由花の視線が痛いうえに、思うところが多いおかげで、やや語勢が弱くなってしまう。テーブルの向かい側に座る夏織と希子もそろって頷《うなず》いているが友人たちはともかくとして、芹のカバンの縁から顔を出している黒亀と白蛇まで首を縦に揺らしているのは理不尽だと思う。

「信用して、ぱっきりと折れちゃったら嫌な人だから、言ってるんだけど」

紙ナプキンに載せたチョコバナナスコーンを差し出しながら、希子がはっきりと芹の目を見てくる。

「心配するのは、する側の勝手だと思っていい。でも、安心させてもらえるほうが、嬉《うれ》しい。……それは、友人だけじゃなく。家族も、だから」

差し出されたスコーンを一切れ手にして、芹は無言で一口齧った。

齧ってから、思い出したように半分に割って、そっと皆が見ていない隙に、カバンから顔をのぞかせている爬虫類《はちゅうるい》ズに差し出す。

「……家族」

何となく、体調不良をうやむやのまま生活していることを改めて指摘され——心配をかけているという事実に鈍感になっていた自分自身に、今更ながら気づいた。

皇臥の心配を、ないがしろにしていたつもりはないが。結局は、その心配をずっと続けさせているというのは、自覚なくなおざりにしていたようなものだろう。

ちょうど、チョコレートの少し焦げた部分が舌先に残って、苦みを感じる。

一人の時には、自分の生活と勉強で手いっぱいで、自分のことにしか責任を負わなくてよかった。

今は……ちがう。

そんなことを、ふと、強く思った。

部屋の前で、保険証を指に挟んで連れ出そうとしてきた皇臥を、嬉しく思いつつもややうるさいとも思った。

ちらちらと窺《うかが》うような、史緒佳の視線。時折覗《のぞ》きこんでくる玄武《げんぶ》姉妹の、表情。

「あ。ごめんなさい、強く言い過ぎた？」

ふと、希子が焦ったように、小さく首を傾《かし》げた。慌てて、それを打ち消すように芹は強く首を左右に振る。

「ごめん！　そうじゃない。違うの。ていうか……わたし、ホント……人の厚意とか心配を、無自覚に疎《おろそ》かにしてたんだなあっていまさら……」

首だけじゃなく、手も左右に振って、希子の誤解を解こうとした。目の端にじんわりと熱いような湿りを感じて、それが形になる前に、誤魔化《ごまか》そうとする。改めて指摘されると、恥ずかしいと、嬉しいと、申し訳ないが混然一体となって喉元《のどもと》に突き上げてくる。

「反省する。強がってばっかじゃなくて、いいんだって。ちゃんと、安心させてあげるのも、家族の務め……だよね」

家族。

嚙《か》み締めるように、もう一度芹は自分の口の中で呟《つぶや》いた。

仮でも、束《つか》の間《ま》でも、今は……家族なのだから。

彼らの気遣いに応《こた》える責任が自分にはある、気がするのだ。

「…………ゴメンナサイ、医者、イキマス……」

いささか機械的な口調で、ぎこちなく片手をあげたのは芹ではなく横に座っていた愛由花だった。それに反応して、夏織が裏手ですかさずつっこむ。

「お前も、結局医者いっとらんのかーい！」

「あゆちゃん、こないだ、近いうちに病院行くとか言ってなかった⁉　そういうメッセージ送ってきたよね、履歴見る⁉」

「近いうち行くつもりだったんだって！　あれからまだ何日よ、まだ全然セーフ！」

笑いに紛れ、芹の目尻《めじり》の湿りも、その場の空気に溶ける。愛由花が、サークルに顔を出してくるといって、逃げるように席を立った。残った三人に手を振って、賑《にぎ》わう学食を出ていく背中を、芹も何となく消えるまで目で追いかける。

喧騒《けんそう》の中で、カバンの中から、ばりぼりとスコーンを嚙み砕く音が二重に聞こえてくる。それを紛れさせるように、芹も手の中に残っていたスコーンの欠片《かけら》を口の中へと放り込み、咀嚼《そしゃく》した。

「あ、これ美味《おい》しい。キコさん今度作り方教えて？」

「レシピなら、すぐ書いて渡せるけど。芹ちゃんの家、オーブンある？　トースターだと失敗しやすくて」

「あるある。よろしく」

史緒佳や、甘党な年長の式神を思い浮かべて、それから友人がさりげなく口にした『芹ちゃんの家』の言葉に、今更ながらじんわりと胸が温かくなる。結婚して、北御門《きたみかど》家に引っ越し、半年たってもこんな風に新鮮に心地いいというのは——自覚ナシに、自分は、ずっと淋《さみ》しいと感じていたのかもしれない。

今日帰ったらちゃんと、医者に行ってくると皇臥に宣言して、近くの医院の診察時間を確認しておこう。北御門家なら、よく知っているかかりつけの病院とかあるかもしれない——それから、お礼にキコさんに習ったこのスコーンでも焼いてみようか。

そんな皮算用を心中で弾《はじ》きながら、スコーンにとられた口内の水分を足すために、カバンからペットボトルを取り出し、中のお茶を含む。

一人暮らしの時から、空きペットボトルにお茶を入れて、水筒代わりに持ち歩くのはいつものことなので、友人たちも平然としたものだ。

「さて。学食も混みあってきたし、外でお茶でもしていく？」

安い軽食を取りにきたり、友人とのコミュニケーションの場となっていたりで、新たに席を探そうとしている学生の姿が目立ち始めていた。物慣れない様子で学食をうろついている推定新入生の姿も目立つ。それらを目の端に留めた希子が、何気なく提案してきた。

もうほとんど飲食物をテーブルに置いていない芹たちとしては、少々居づらいような空気が醸し出されつつあったので、夏織も芹も、反対意見なく応じた。

「そうだね。おすすめのお店ある？　あんまり高いのは、困るけど」

「あたしは、ハンバーガーかファミレスでいいけど……あー、そういえば、芹ちゃんもう、バイトはしてないんだっけ？」

人の流れをすり抜けるように歩き出しながら、夏織は自分よりもやや背の高い芹を振り返った。

「うん。今はね。家のことのほうが、色々忙しいし」

「そっかー。芹ちゃんが前みたいにカフェでバイトしてたら、その店でもいいなって思ったんだけど」

「いやいや、その節はお世話になりました。ていうか、前のバイトの店って、わりと学校から遠いよね。いつも来てくれるの申し訳なかった気はしてる」

肩にかけたカバンから、密《ひそ》かに「ぽてとー、ぽてとー」と囁《ささや》く声が聞こえているのを聞かないふりをしつつ、芹は友人に小さく頭を下げた。

去年、アパートが火事になるまで、芹はカフェを併設していたハーブショップで接客のバイトをしていた。その頃には、店に友人たちがよくお客として来てくれたものだ。もう辞めて随分になるが、思い出すと少し懐かしい。

親戚《しんせき》の食堂でのお手伝いスキルが、役に立ったものだ。

「いいのよ。私はあのお店の料理、好きだったから。ハーブのポークピカタと、ランチセットのスープ、美味しかったし、むしろ通いたかったの」

「あたし、チキンのサンドイッチ好きだったなー」

友人たちの気遣いだとわかってはいるものの、そう言われると少しうれしい。

「あ。ピカタのレシピはわたし書けるよ？　ていうか、お世話になったお店だからまた機会あったら遠慮なく行ってほしいな」

「え？」

「……え」

奇妙な疑問符が友人たちから零《こぼ》れて、芹が首を傾げる。

夏織と希子は互いに顔を見合わせ、そして希子が少し考えて、口を開いた。

「芹ちゃん、いくらクビになった店とはいえ、レシピの漏洩《ろうえい》って、いけないいんじゃ……」

「あ！　そっか、ごめん、たしかに、息をするように機密漏洩するところだった。一応、カフェのメニューだし守秘義務とかあるのかな！」

「待って。一応、お料理のレシピには著作権とかなかったはずだからー」

やたら真面目くさった希子の言葉を、芹が真に受けて焦る。

その様子を笑いながら、夏織が先導するようにハンバーガーショップに導いていった。

芹の大学生活では、見慣れた光景だ。

友人と笑い合い、授業はできるだけ一緒にと相談し、彼女たちの近況に耳を傾ける。

こうして当たり前に、この場所にいられるのは、皇臥の助けがあったからだ。

——そう思うと。

もう少し、感謝を伝えるべきかもしれない、などと思うのは、様々に心にゆとりが出始めたからなのかもしれない。いや、彼の心配を無碍《むげ》にしていたことを、友人から指摘されて今更ながら気づいた気まずさというのもあるが。

「そういえば、ぼちぼちでも今年から就職のこと考えないとかもだけど、考えてる？　芹ちゃんは専業主婦、するの？」

「え。しないよ？　就活する」

何気ない夏織の言葉に、芹はあっさりと首を振った。

「色々と資格試験受けてみるつもりだからね」

「そうなんだー。芹ちゃんらしいといえばらしいかな」

「世の中何があるかわからないし」

「……バイトから帰ったらアパート燃えてた人が言うと説得力が違うね」

夏織が腕を組んで唸《うな》っている。

「いや。あれはその後の結婚を合わせて、自分でも驚天動地レベルだったから」

校舎を出る直前、廃墟《はいきょ》研究会の知った顔が、ばたばたと駆け込んできて、すれ違う寸前に互いに気付いて、軽く手を上げてあいさつし合った。二階侑吾《にかいゆうご》だ。

数日前の廃遊園地の一件で別れて以来顔を合わさなかったが、元気なようだ。

友達でも待たせているのだろうかと、何となく振り返ろうとして——よろけた。

すぅっと、視界が灰色に褪《あ》せるように色を失い、感覚が遠くなる。平衡感覚が覚束《おぼつか》なくなって、慌てて壁に手を突いて、身体《からだ》を支えた。

「………あ、ぶな」

足を止めて、呼吸を何度か繰り返すと自然と少しずつ視界の色が戻ってくる。僅《わず》かな間、空気の膜を隔てるようにして周囲の声が遠ざかり、やがてわんわんと、喧騒がハウリングを利かせたように耳に刺さる。

脳貧血のような、立ち眩《くら》みだ。

「どうしたの？　大丈夫？」

足を止めた芹を不審がるように、希子が芹を覗きこんだ。

「ごめん。寝不足がこたえてるのかも。ぐらっとした」

「芹ちゃん、今日はあたしが送ってくよ。一人で帰すの心配。すぐ、車回してくるからキコさんそれまで一緒にいてあげて」

一緒につるむ仲の中では、唯一軽自動車を所持している夏織が、ポケットでガシャリと金属音を鳴らした。一応、キーの在処《ありか》を確認したのだろう。

「えー……だって、折角久しぶりに、皆で駄弁《だべ》れるかと思ったのに」

まだ少しぐらつくような視界に、眉《まゆ》のあたりを指で揉《も》み解《ほぐ》しつつ、芹はやや未練がましい言葉を紡ぐ。

今日は、少し友人たちと遊んでくるかもしれないと、皇臥や史緒佳にも言い置いてきたのだ。とはいえ、人の心配を無碍にしないようにと、自分を戒めたのはつい今しがただ。

芹はごつごつと握った手の甲で自身の額を小突いて、微妙に響くような頭痛を紛らわせようとする。

「そんなのいつでもできるし」

そう言いながら、少し駆け足で駐車場へと向かおうとする夏織を見送り、芹は希子に導かれて外のベンチへと移動する。

陽が射《さ》しているからだろう、ゆるく柔らかな温かさが肩から力を抜いてくれるようだ。

……真面目に、医者に行こう。

今まで、市販の常備薬でやり過ごしてきた身体の不調だが、誰かに迷惑をかけるようになるのは本意ではない。

カバンの口から、心配そうに顔を出している黒亀と白蛇に「ごめんね、ポテトは今度ね」と囁くと、どちらも勢い良く、ぷいぷいと首を横にすさまじく振っていた。

「キコさん、今度、なんか奢《おご》らせて。かおりんにも」

「じゃあ、以前お弁当で持ってきてた油揚げと小松菜の煮びたしがおいしかったから、それをタッパーでお持ち帰りさせて」

自分の友人らしい答えに、芹は小さく噴き出す。

新学期の大学という雑踏の中に、近づいてくる救急車のサイレンの音を拾い上げながら、希子の肩にもたれさせてもらうことにする。

そして芹はしばしの間、己の友人運の強さを感謝とともにひそかに嚙《か》み締めた。

2

すぐ近くに停《と》めていたのだろう夏織の軽自動車に乗せられ、芹は銀閣寺道《ぎんかくじみち》の北御門家の近くまで送ってもらった。

家までついていこうかと心配もされたが、道沿いは観光バスの出入りが多く、車の流れもつまりがちだったため、辞退しておく。

ついでに送っていくということで同乗していた希子が何度も車窓から振り返るのを見送ると、上着の袖《そで》を引くようにして手を繋《つな》ごうとしてくる気配が左手に現れた。

カバンから脱出していた護里《まもり》だ。

「……せりさま。おてて、あついです」

友人の車へと振っていた手を下ろすと、小さな指を絡めるように振袖の幼女が小さな声を漏らす。

「あー。うん、そうだね。今まで誤魔化《ごまか》してきたけど……心配かけて、ごめんね」

一度目線を合わせるように屈《かが》みこむと、長い髪をぶんぶんと左右に波打たせて、首を横に振りたくる。

「まもりと、いのりちゃんは、せりさまがげんきで、わらってくれるのが、いちばんいいです。きっと、あるじさまも」

ついでのように付け加えられた言葉に、何故《なぜ》だろう。顔が熱くなると同時に、微妙に表情が緩んだ。

「……そっか」

「そです」

祈里は、一緒に歩くのではなく右手首のいつもの位置にブレスレットのように巻き付いて収まっている。護里とのやりとりになにも言わないが、否定の空気もない。

学校で眩暈《めまい》を感じた時には、少しまずいと思ったのだが、スマホで皇臥に早めに帰るとメッセージを送って、あとは静かに後部座席で揺られているうちに、少し気分が回復した気がする。北御門家へと延びる、私道の一本道をゆっくりと歩いた。時折、背後にカサ、と草を踏むような音を聞いた気がしたが、傍らで手を繋いでいる護里に変化はない。

むしろ、芹の視線に気づいて、不思議そうに小首を傾《かし》げて見上げてくる。

「なんでしょか、せりさま？」

「あ。ううん。えーと、今日は何がいい？」

カサ。

「せりさま、あさ、グラタンのようい、してました」

「そ、そうだね。ホワイトソース、作り置きしたから。えっと、中に何を入れようかなって」

カサ。

「ほうれんそう！」

護里の弾んだ声を掻《か》き消すほどに、はっきりとした落ち葉を踏む音が真後ろで聞こえた。

少し足を速めながら、芹は右手の甲を額に押し当てて、自己診断をした。熱が高くなると、身体の節々が軋《きし》むようになり、さらにひどくなると、強迫観念のような幻を見ることがある。人それぞれの体質はあるだろうが、芹の病んだ状況はおおむねそんな状態だ。寝ているると見上げている天井が落ちてくるような恐怖感を伴ったり、枕元に積み上げていた本が大きく歪《ゆが》んで圧《お》し掛かってくるような気がしたり。

だから、背後に誰かいるような被害妄想じみた感覚に襲われるのかもしれない。

しかし手の甲で感じる自身の体温は、さして高くはない。微熱程度だ。

芹に何かあれば、きっと感じ取ってくれるだろう護里も祈里も、様子に変化がない。

――なら、気のせいだ。Q.E.D.証明終了。

「お帰りなせえ、奥方」

無心で足を動かしていると、不意に、頭上から聞き慣れた声が降ってきた。

気付けば、北御門家の正門までたどり着いていたようだ。広く続く白塀を切り取るように、重厚な瓦《かわら》屋根を載せた腕木門がそびえている。その屋根に、いつものように白虎《びゃっこ》が寛《くつろ》いでいる。その光景は芹にとっての日常で、ほっと胸を撫《な》で下ろした。

「いやまて、よく考えたら非日常だよ」

北御門家に伝わる十二天将と呼ばれる選《え》りすぐりの式神の一角、白虎のお出迎えをごく自然に受け止めていた自分を顧みて、小声でつっこんだりもする。

ごろんと屋根に転がった大きな白い虎は、今にも落ちそうな状態で、背中をごねごねと屋根の出っ張りにこすりつけている。その仕草そのものは、いつもと変化はないのだが──。

「もしかして、珠《たま》、不機嫌？」

何気なくそう問いかけると、白虎は前脚に顎《あご》を乗せるようにして半身を起こしてくる。言葉なく、何でもありませんよーというように、しゃぶしゃぶと自身の大きな肉球を厚い舌で舐《な》めて手入れをはじめ、その仕草は大きな猫そのものだ。

「……んなこと、ねーっす」

問いかけに返ってくる言葉にも、微妙に含みがありそうだ。

芹が重ねて、問いかけようとした時に、腕木門の通用口が開いた。

ひょこりと姿を見せたのは、見慣れた姿だ。長身に、やや長く見える黒い前髪。怜悧《れいり》な印象の整った顔立ち。自宅にいる時には気楽な服装でいることは珍しくないが、少なくとも芹が初めて見るスポーツ用の白黒モノトーンジャージの上下を身に着けている。

「やあ、おかえり」

通用口から半身を出すようにして、芹へと笑いかける。傍らの護里が嬉《うれ》し気に笑みを深め、右手に巻きついていた祈里が、鎌首をもたげて姿を確認していた。

「あ、皇臥。ただいま。……どうしたの、その格好。ジョギングにでも出るの？」

「いや、そういうわけじゃないんだ。それより、体調は？　よくないって、さっきメッセージが来ただろ」

「ああ、それで迎えに出てきてくれたりした、とか？」

「いや、実はそういうわけでもない。……気づかない？」

少し言いよどむようにしながらも、最後は少し声を低めてやや悪戯《いたずら》げに囁《ささや》かれた。その様子に、なぜかという明確な理由はわからないなりに違和感を感じて、芹は首を小さく傾ける。その様子を確認しつつ、淡く笑みを浮かべた皇臥が自身の顎の先を指で擦《さす》り、少し屈《かが》むようにして視線を合わせてきた。

そんな仕草にも、微妙にらしくなさを覚え、表情に曖昧《あいまい》な色を浮かべて芹はさらに首を深く傾げた。

確かに、彼が普段から着ないジャージを身に着けているが、そういうことではないだろう、多分。

その違和感を、全体像から確かめようとするように、芹はその近距離から一歩、退いた。

芹の左手をしっかり繋いでくっついた護里が、なぜかいつもよりも嬉しそうに見える。

「おっと」

改めて、契約旦那《だんな》を見遣《みや》ろうとしたところ、ふと皇臥は何かに気付いたように芹の背後へと、視線を逸《そ》らし、その向こうに延びる山道を指さした。芹が歩いてきた道だ。その少し節くれ立った長い指のさす方向へと、何気なく視線を向けると——。

「あ。よかった。芹ちゃん……！」

指さした先、やや駆け足で近づいてくる姿が目に入った。

希子だ。

先ほど別れたばかりだが、出来るだけ急いで追いかけてきたのだろう、芹を視認して足を緩めた希子は息を弾ませ、何度か呼吸を落ち着けようと深呼吸を繰り返す。そのまま、ゆったりとした歩みへと移行し、芹へとスマホを掲げた。ゆらゆらと、見覚えのあるネズミと、カプセル状のストラップが揺れている。

「キコさん!?　わたしのスマホ……ああ、そうか、車の中でアプリ触って」

「ん。芹ちゃん、忘れていったでしょう？　降りたあとで後部座席のシートの下に落ちてたのを見つけたんだけど、おうちの連絡先知らないし……」

一息に伝えて、小さく咳《せ》き込むと希子は安心したように笑った。確かに、夏織の車で送ってもらう際に、早めに帰るとメッセージを送り、そのままスマホを膝《ひざ》に置いていた。揺れに身を任せて休んでいたので、膝から滑り落ちていたことに気付かなかったようだ。

「ごめん、ありがとうキコさん、すごく助かった。全然気づいてなかったよ。今度マジでお惣菜《そうざい》以外も奢らせて」

「いいのいいの。気づいたら絶対に慌てると思ったから。芹ちゃんからかけてくるかもと、思ったけど……手元にあったほうが安心でしょ」

少し呼吸が整ったのか、長い黒髪の汗ばみが気持ち悪いのか、指先で掻《か》き上げるようにして、ようやく希子は姿勢を正した。そして、皇臥に気付いて一礼する。

「ご挨拶《あいさつ》遅れました。お久しぶりです、北御門さん。慌ただしくて申し訳ありません、私はこれで失礼しますので」

「いえいえ、椋本さんでしたね。いつも妻がお世話になっております。お急ぎでなければ、お茶でも一杯飲んでいかれませんか？」

いつも通りの人当たりの良さを見せつけながら、北御門家の主《あるじ》は希子の挨拶ににこやかに社交辞令を口にしている。いつもの通りだ、けれど——芹には何か違和感がある。

斜めがちだった姿勢が、更に傾きそうになった。

「いえ、友人が車で待ってくれていますので。またの機会にお願いいたします」

じゃあね、と柔らかなスカートを花開かせるようにして、椋本希子は身を翻す。確かにこの辺は、あまり長いこと車を停車させているのは気が咎《とが》める。踵《きびす》を返しかけた希子は、一瞬、足を止めてそっと芹へと耳打ちした。

「北御門さん、ああいう格好をしてると、すごく若く見えるね」

あ。

笑み混じりの友人の囁きに、芹は思わず声を出しそうになった。いつもと変わらない、平素のまま長身に、長めの前髪。怜悧《れいり》な印象の目、整った顔立ち。いつもと変わらない、平素のまだが——違和感の正体がわかった。皇臥が、いつもよりも若く見えるのだ。自分と同じくらいとは言わないが、もう少し近い気がする。アクティブな格好をしているせいだろうか？

今来たばかりの山道を逆にたどりながら、一度振り返って手を振る希子へと手を振り返し、芹は改めて皇臥を振り仰いだ。

「……ん？」

少し身を屈めるようにして、その視線を合わせてくる。

その仕草も、微妙にらしくなさを感じた。

「えーと、今日の皇臥、何となく、いつもとちがわない？」

「変？」

「あ。……うん。たった今のも、少し、普段と言い回しが違う気がした。イメチェン？

て感じでもなさそうだし……」

「あー。おかしいかぁ、それは、ちと失格だなあ」

芹と合わせていた視線を外し、少し仰《の》け反るように残念そうな声を発した後、皇臥はからりと笑った。その笑みの表情も、少し違う。頭を掻きながら、楽し気に笑う皇臥は芹の困惑を愉《たの》しんでいるかのようだ。

「失格？　何が？」

「その距離だ。あと30センチ離れろ」

聞き慣れた声がもう一度、唐突に横合いから差しはさまれてきた。全く同じ声色、けれど少し違う、芹のよく知る北御門皇臥の声音だった。

慌ててその声のほうへと視線を向ければ、北御門家の正門脇の通用口を半分開けたまま、その隙間から微妙に身体《からだ》三分の一で覗《のぞ》いている見知った姿がある。

苔色《こけいろ》の作務衣《さむえ》姿の、北御門皇臥だ。

なぜか、じっとりとした視線で、芹の友人を見送った二人を見つめている。

「ええー？　んでも、ここから30センチは、夫婦の距離じゃないでしょー？」

芹の傍らの、ジャージ姿の皇臥が、やや間延びしたような呆《あき》れたような声を上げた。表情が少し緩み、皇臥によく似た造作の顔立ちが、一気に惚《とぼ》けた色合いになる。

それでも、北御門皇臥に瓜二《うりふた》つであることは間違いない。

「は？　……え？　ええ？」

すぐに呑《の》み込めずに、芹は思わずよく似た二人の姿を指さし確認してしまう。ジャージ姿の、若い印象の北御門皇臥。そして、奥から出てきたばかりの見慣れた作務衣を着た、北御門皇臥。

「実は、北御門家四男」

「なんでだ」

見比べれば、どちらが芹にとって良く知る皇臥なのかは一目瞭然《りょうぜん》だ。なので、つい正体として近そうに思えた、自分が納得できそうな言葉で確認してみたのだが、あっさりと作務衣の皇臥に一刀両断された。

「きさらぎー」

護里が嬉《うれ》しそうに、はしゃいだ声を上げながら珍しく自分から芹の手を離して、ジャージ姿の若い皇臥へと抱きつきに行く。彼は護里を気安く抱き上げ、あやすように軽く揺すり、しっかりとしがみつかせると「そーれ」と、軽く体を回転させた。かかる遠心力が楽しいのか、護里も無邪気な笑い声をあげている。

「如月《きさらぎ》、ひさしぶりですー。おきたのですか」

「よー。護里、久しぶり。お前、ここしばらく夜の本邸にいなかったからなあ」

楽し気にじゃれ合う二人の様子に、芹は首を傾《かし》げるしかない。右手首在住の白蛇も、同じ表情になっている。

「……きさらぎ？」

少なくとも、護里の知り合いらしい。いや、どこかで聞いた覚えのある名の気もする。

ということは、北御門の親戚《しんせき》か。門下の誰かか。

そんな考えを巡らせているうちに、皇臥が通用口を出て、芹の傍らに立つ。右手の平を拝む形で顔の前に立て、やや申し訳なさそうに小さく頭を下げた。

「悪いな、芹。だますつもりじゃなかったんだが、俺がうっかりと出遅れた」

「いや、だまされるというか、わたしが勝手に彼を皇臥だと思っただけで……ていうか、似てるねえ。ご親戚？」

「そうじゃない。如月。護里とじゃれてないでちゃんと芹に挨拶しろ」

「おっと、そうだった」

護里を軽々と高い高いしていた若皇臥が、そのまま負ぶう形に移行させながら、芹へと頭を下げた。

「初めまして。ご宗主の伴侶《はんりょ》殿。北御門家、式神十二天将の一角・青竜《せいりゅう》の銘を持つ、如月と申します。ご挨拶が遅れた無礼、どうかご容赦を」

「——……はぇ？」

皇臥のそっくりさんへと自己紹介を返すよりも珍妙な声が漏れてしまった。

「式神？　え？　だって、皇臥にそっくり……」

「ああ。こいつはまあ役目上、どうしてもな」

確認するように見上げた芹に、皇臥の視線が現実から目を逸《そ》らすように遠くなる。

「我が役目は、形代《かたしろ》。長のお付き合いになるかどうかはわかりませんが、どうぞよろしくお願いいたします」

形代。

その言葉を聞いて、芹の表情がわずかに強張《こわば》った。

少し前に、その役割を持つ十二天将がいると、聞いている。それが青竜だということも。

形代は、主人への悪影響を身を持って受け止める、身代わりだ。

護里を背負った若い皇臥は、顔を上げてにっこりと無邪気といってもいい笑みを浮かべた。その笑みに芹は自身が自己紹介を返していないことに気付き、慌てて早口になる。

「あ。北御門芹です。はじめまして——……ん？」

小さく会釈をして、ふと、更に違和感を覚える。

式神？

そう、この若い印象の皇臥そっくりの姿は、十二天将の式神なのだ。だとすれば、納得できないことがある。

「うそ！　だって、さっきキコさんと挨拶してた！　式神なら普通の人には見えないはずじゃないの!?」

芹の脳裏に、先ほどのやり取りが一瞬巡る。椋本希子は皇臥の姿を認識してあいさつし、芹に印象の違いを耳打ちするほどにはっきりと視《み》ているのだ。

式神は、北御門の縁者以外には視えない。それは、大前提のはずだ。

「もしかして、キコさんが、八城《やしろ》くんみたいにめっちゃ霊感強い体質とか……」

「ああ、そうじゃない。如月は、唯一普通の人間の目に映る、式神なんだ」

「いえーい、レアものでーす」

芹の指摘に、如月と呼ばれた青竜の式神は指でVサインをつくり、皇臥はその様子に苦笑している。

「見える式神……？」

「こいつは形代という役割上、見えていたほうが都合がいいんだ。そうすると、術者は本来の対象である俺《おれ》ではなく、形代――こいつを標的と認識して、呪詛《じゅそ》を飛ばしてくれる

「……つまり、こいつ自身を北御門当主と見なしてもらったほうが、呪詛られた時に効果があるということだ。強い形代は……あらゆる意味での身代わり、主人の影武者的な役目を担うんだよ」

皇臥の説明は、やや淡々と機械的に聞こえた。

皇臥は、形代という役割が好きではない。以前にそう言っていたことを、芹は覚えていた。

「ここまでの形代は歴代でも記録は少なかったから、俺としても、結構苦労した力作だぞ」

「ま、ご宗主に嫌われてるので、お呼びがかからず。こうしてまともに顔を合わせたのも三年ぶりくらいかなあ。言とっくけど、年経るごとに細かく調整して、情報アップデートしてもらわないと、こうして年齢差が出て、今みたいにすぐに偽物ってバレる可能性があるってのに、ご宗主、マジ、怠惰。そこ、悪いとこよ?」

皇臥そっくりの顔で、軽薄な口調で言い募られると、ギャップが激しい。はあ、やれやれとばかりに欧米風に肩を竦《すく》められてしまった。

「結構な時間、本邸の片隅で寝てたから、外の情報取り入れるのも、久しぶりだわー」

そう言いながら、式神・如月は片手で背に負ぶった護里を支えつつ、ジャージのままで大きく伸びをした。

改めて観察すると、仕草も印象も、本来のものなのだろう口調も、明らかに違う。

「……えーと、つまり、この如月さんは、皇臥の影武者で……キコさんに見えてもおかしくいない、と」

「ていうか、見えるように調整してある。その代わり、こいつ如月は、護里に対しての亀や、珠の虎姿のように、もう一つの姿を持ってない。そっちに術的リソース喰《く》いまくったから」

好きな役目ではない、と皇臥が言い切る形代の式神だが、それでも青竜を語る時には少しだけ自慢げに見えて、微笑《ほほえ》ましい。

「ええっ、残念。皇臥のことだから、青いイグアナとかコモドオオトカゲにしてると思ったのに！」

「——……」

「芹ちゃん、やめて。次代青竜のために、許して。ご宗主考えこんじゃったよ、下手なインスピレーションあたえないで」

芹の冗談めかした茶々に、皇臥は言葉を切って黙考し始めている。皇臥と同じ顔の如月が慌ててその思い付きを打ち消させようとし、それを横目に芹は確認を重ねる。

「で。役割上、本当は瓜二つじゃないといけないけど、皇臥が細かい調整をさぼってたから、今は如月さんも、そっくりじゃないと」

「そういうことだな。普通に考えてみ？　嫌だろ、俺と瓜二つの式神がうろうろしてたら。それも、普通に人に見えるから、外に出したら俺、北御門皇臥本人と認定されることになる。情報共有も面倒なんだぞ、周囲も混乱必至だ。いや、昔には似た事例がいくつかあって……」

早口の言い訳めいた言葉に、まあ確かにと芹は頷《うなず》いた。

皇臥の状況をぼんやりと考えて、確かに面倒だという思いと、少し便利そうだという気持ちが芽生えたりもする。そして、ふと溜息《ためいき》をついて、しみじみと呟《つぶや》いた。

「……鷹雄《たかお》さんって、すごいねえ」

「え！　なんでこの状況が、芹にとっての貴緒《たかお》アゲになるんだ!?」

「だって、密室トリックもアリバイトリックも、片っ端から踏みつぶしていくような存在が普通にいるお家《うち》で育って、自分もそれに深く関われる人なのに、ごく普通に推理小説書いてるんだよ？」

「……芹。母といい、貴緒といい、訳の分からない方向からの好感度加点はやめてくれないか」

なぜか大真面目に説得されてしまった。

苦々しいようなその表情を見上げながら、腕木門の通用口に仕草と共に促される。その屋根の上では、白虎《びゃっこ》の珠が不満そうに相変わらずごねごねとくねるようにして、背中を瓦《かわら》に押し付けている。

「で。なんで珠はご機嫌斜めなの？」

通用口をくぐりながら、芹はそっと聞こえないように皇臥へと耳打ちしようとした。敷地《しきち》内の玉砂利が踏みしめるたびにじゃりじゃりと鳴って、多少の囁《ささや》き声なら打ち消してくれる。

「ああ、あそこは普通に反りが合わないんだ。気にするな」

「祈里ちゃんと錦《にしき》くんみたいなもの？」

十二天将の中でも、北御門を長く離れていた祈里と、最新の式神である朱雀《すざく》の錦は寄ると触るとつっかかりあっている。十二天将のまとめ役を任じられている貴人《きじん》・伊周《これちか》に言わせれば、微笑ましい姉弟喧嘩《きょうだいげんか》のようなものだそうだ。

逆に、珍しく護里が芹から離れて、如月にスキンシップ激しく甘えに行っているところをみると、こちらは相性がいい関係なのだろう。

「そういうこと。式神にも相性くらいはあるさ。しかし……そうだな、心当たりがあるとしたら、如月には珠に対する命令権を一部渡してあるって部分かもな」

「命令権？」

北御門の本邸を回り込んで、離れの現代住宅へと歩き出しながら、珠には聞こえない距離だろうと確認するように、皇臥は一瞬だけ正門を振り返った。護里はジャージ姿の如月に背負われたまま走ってもらっていて、楽しそうだ。なるほど、あんな風にコミュニケーションをとって過ごすならスポーツ用ジャージが楽だろう。

「使うつもりはないが、一応、影武者みたいなものでもあるからな。もちろん俺の命令が最上位なのは間違いないが、如月が起きている時には、珠は如月の命令を聞くよう強制力を持たせるようになってるんだ」

そういうものなのか、と芹は皇臥の説明に納得する。

性格の合う合わないは、人間同士でもままあることだ。無条件に相性が良くない相手の命令を聞かなければならないというのは、隔意も生じるものかもしれない。

きゃっきゃと楽しそうな歓声を上げる護里を背負いながら、如月が芹たちを追い抜かすように駆けていく。駆けて、途中でUターンして、また通り過ぎようとする。皇臥と同じ長身の黒髪が、庭の木々をがさがさと擦《こす》った。

「護里ちゃんと、如月さんは仲いいね」

楽し気な式神たちのじゃれ合いを見送り、自然と芹も表情が緩む。

「ああ。……何のかんの言っても、護里も長い間寂しかっただろうしな」

「さびしい？」

「ん。普段目を覚ましている十二天将は、基本的に役割を持ってるんだ」

ゆっくりと頷き、皇臥も楽し気に如月の背に乗っている護里を目で追って、自然と笑みを浮かべた。

「伊周はまとめ役、律《りつ》は本邸の管理、珠は俺の護衛と門番。テンコは、母の世話。だが、護里だけは長い間、役割がなかった。俺も四六時中かまってやるわけにもいかないしな。そういう護里の空虚な時間を、やっぱり俺が疎《おろそ》かにしていた如月が構い倒して、埋めてやってくれた。だから、仲がいいんだ」

北御門から離れて芹を守るという役目に縛られたまま孤独な時間を過ごした祈里と、北御門に居ながら、役目を持たずに一人で時間を過ごすしかなかった護里。

玄武の双子たちが、ぴったりと寄り添い合う気持ちがわかる気がした。と、不意に。

「いってぇ！」

皇臥が左手を押さえて、跳ねあがった。その手首には小さな白蛇が噛《か》みついている。

「おまっ、芹だけじゃなく、護里のことにもこれか祈里！」

無言で、ぎりぎりと小さな牙《きば》を立てている。最近、祈里の皇臥に対する態度が軟化していたような気がしていたが、片割れの護里のことになるとまた別らしい。

「祈里ちゃん祈里ちゃん、別に皇臥も護里ちゃんをイジメてたわけじゃないし」

「そうだ、ちゃんと構える時には一緒に遊んでいたぞ！」

宥《なだ》めて皇臥の手首を放させようとしながら、芹は最初に皇臥と逢《あ》った時のことを思い出していた。

バイトとアパートを一気に失って途方に暮れていた時、皇臥は護里と一緒に公園に遊びに来ていたのだ。人目につかない、黄昏時《たそがれ》。公園の運動場で、鞠《まり》遊びをさせていたのは護里の退屈を紛らわせていたのだろう。

「しょかさまも、きさらぎも、これちかも、じゅんばんにまもりとあそんでくれました。ねてる、みんなも」

若皇臥ともいえる如月の背中にしがみついた護里も、騒ぎを聞きつけたらしく声をかけてくれた。そのせいだろうか、ぽろりと白蛇が白砂利に落ちる。まだ微妙に視線が剣呑《けんのん》だが。

白蛇は、一度芹のくるぶしあたりに顔を擦《こす》りつけると、するすると身体《からだ》をうねらせて這《は》っていく。

「一応は、納得してくれたみたい」

「そうだな。多分、珠のところにでも行くんだろう。先代朱雀の時もだったが、昨日も、ぐずるときには祈里は珠に任されてる」

「……ほほう。昨日、祈里ちゃんを置いていったとき、祈里ちゃんをぐずらせるようなことがあった、と」

「え、いや、そうじゃなくて……芹から離れた祈里が不機嫌なのは、想像できるだろ」

むしろ、白蛇じゃなく契約嫁にまで手首を噛みつかれそうな、冷ややかな険悪が隣から滲《にじ》んだような気がして、皇臥が硬直する。

「おっと。失礼、何かついてる」

護里を乗せていた如月が、ふと割り込むように芹の肩へと手を伸ばした。それと同時に、プツンとした音と、小さな痛みが側頭部の頭皮に生じた。

「あ。失敗、髪の毛だ。……糸屑《いとくず》に見えた、申し訳ない」

如月のつまむような指の形に、芹の髪が一本揺れている。一瞬の痛みに、ちょっと涙目になりつつ芹は頭を下げる如月へと首を横に振った。涙は出そうになったものの、髪一本さして痛いわけではない。

「いいよ、ちょっとびっくりしただけだから気にしないで。その代わり、護里ちゃんをよろしく」

しょげるような気配を漂わせる如月に手を振ると、芹は皇臥とともに、離れへと歩き出す。途中で、家庭菜園の世話をしていた史緒佳とテンコを見つけて、少し早足になると、そんな些細《ささい》なやり取りはすぐに脳裏から払拭《ふっしょく》された。

芹と共に、史緒佳の作業を見に行く皇臥が一瞬だけ、如月を振り返り、小さく頷く。

それに応《こた》えるように、如月も小さく頷き返し、夫妻を見送った。

「きさらぎ?」

後ろから、腕を絡めるように抱きついている護里が、訝《いぶか》し気に同僚を呼ぶ。それを聞き流しながら、如月は指につまんだ黒髪を、己の左手の小指へと、歯と右手を使って器用に、巻き付けた。

括《くく》られる一瞬、キシ、と小さく髪が鳴る。

「……………これでよし、と。他人に簡単に髪の毛なんか渡しちゃ、ダメでしょーに。なー、護里ー」

「あい?」

やや陽気に、形代の役目を持つ十二天将はそう呟くと、何をしていたのか見えなかっただろう護里を軽く揺すりあげて姿勢を正す。そして久しぶりに顔を合わせた遊び相手の求めるままに、北御門家の敷地を風を切って走り始めた。

3

ぺたり。

ぴちゃり。

耳を澄ませば、いつものように粘着音が、聞こえていた。

何かを引きずるような重い音とともに、ごぼごぼと濁った水面が泡立つような音が混じっていることに気付いた。

じんわりと、日々距離を詰めてくるような感覚に、焦燥感が湧き上がる。

こんな風に理不尽に怖い夢を繰り返し見るのは、きっと、自律神経がうんぬんかんぬんという奴だ。

息吹の揺らぎすら間近に聞き取れそうな距離。

今にも触れそうな、近い感覚。

そう、いつもここで目が覚める。

——はずなのに。

「ミ、ィ、ツケ、タ」

掠《かす》れた吐息のような声が、確かにそう音を綴《つづ》った。

跳ね起きようとした瞬間に、不意に何かが布団の中で温まっている足を、摑《つか》む。

「オマエの、せい、で」

くぐもったような、布団の中から詰《なじ》るような恨み節の声が響いてきた。

それを知覚した時、気を失ったのか。

それとも跳ね起きようとした筋肉の動きが急激に覚醒《かくせい》しようとしたのを錯覚したのか。

不意に、数段の階段を踏み外したような浅い落下感——

「あ」

自分の短い声が、生々しく耳に届く。

現実に声を出したのだと、はっきりとした実感が小さな身体の震えと共に芽生えていた。

◇

契約嫁としては、はなはだ遺憾ながらその日の朝食は、至極簡単なモノですませてもらうことにした。

常備菜でもある春キャベツにごぼうとワサビのコールスロー。昨日つかったグラタンのホワイトソースの残りとチーズを合わせて、適当リゾットをつくり、スープはインスタントにさせてもらう。

文句がある場合は、申し出た人間が納得するものを作るという鉄則が北御門家にはあるらしく、皇臥はもちろん姑《しゅうとめ》である北御門史緒佳も、内弟子の八城真咲《まさき》もなにも言わない。

というよりも、久しぶりの洋朝食に三人とも少しうれしそうに見えなくもなく、芹としてはちょっと悔しい。

一通りの食事がすむと、八城は学校の準備に本邸に戻り、ダイニングのテーブルに着いているのは食後のお茶を愉《たの》しんでいる皇臥と、史緒佳だけになる。

護里と祈里は史緒佳付きの式神、天后《てんこう》のテンコと一緒にリビングで遊んでいる。銀髪を巻いて、黒のゴシックロリータに身を包んだ中学生ほどの少女に見える式神は、遠目から見るとお人形のようで、可愛《かわい》らしい十二天将たちの戯れる様子を芹はこっそりと眼福だと思っている。

「……ところで、突然だけど医者に行こうと思う」

昨日、それを言い出すのを忘れていたため、朝食後の席でそう宣言したのは、いくら何でも唐突だったかもしれない。

一応、皇臥へと向けた言葉だったのに、いち早く反応した史緒佳が湯呑《ゆのみ》をテーブルに置くとすっくと席を立って、サイドボードの貴重品入れにまとめてあるカード入れから、いそいそと保険証を持ち出してきた。

「郷野《きょうの》先生のとこに、連絡入れましょか。二、三日、泊ってきてもよろしいんえ。ちょい待ちなはれや、電話で開いてる時間を……」

「いや、そんなにお義母《かあ》さんに嬉々《きき》とされると、すごく嬉《うれ》しくなっちゃうんですけど」

「ちゃいます！ 追いだそとしとるんですー！ 芹さんがおらん間は、存分に羽のばさしてもらいますー！」

声の響きで、意地を張っているのが丸わかりな史緒佳の主張に、同じテーブルにつく契約夫婦は生温かく笑うしかない。

「どういう心境の変化だ？ いや、安心したのは確かだが。それなら病院には俺が車を出そうか、早い時間に診てもらえればそのまま学校に送れるし」

食後のお茶を楽しんでいた皇臥が、何気なく母親の言葉を補足する。

「あ。それは助かる。……うん。友達に言われて、なんだけど……皇臥やお義母さんの心配をスルーし過ぎかなって、ちょっと反省したんだ。大したことないって思うけど、ならないでちゃんと診断してもらったほうが安心なのは間違いないし」

芹の言葉に、史緒佳と皇臥が顔を見合わせて、意外そうな表情を浮かべた。

今朝は薄手のベストとシャツを身に着けた皇臥は、すぐにでも出かけられる装いでもあって、嬉しそうに見えなくもない。

その表情に少々迷いつつ、芹はさらに言葉を付け足した。

「あと、さ。えーと……今まで大したことないって思って、言わなかったんだけど。何かずっと、嫌な夢見るんだよね。あ、夢を見てるって自覚したのは最近なんだけど、それが今朝、嫌な方向に進化したというか……ずっとこの調子だと、少なくとも、最低限熟睡できるようにならないと、体力もたないって思ってさ」

親子の表情に、気恥ずかしさを感じて、少し早口に最近の眠りの浅さの原因と思われるものを口にする。

ふと、皇臥の表情が曇ったのは気のせいだろうか。

「夢？」

不思議そうに史緒佳が、両手を湯呑で温めながら問い返す。今日も、家庭菜園の世話をするためだろう、動きやすそうな作業着を身に着けているが、まだ日よけ帽子もかぶらず、首周りにタオルもまいていないので、ツナギ姿も若干おしゃれだ。

それを見ると、朝から愛由花の名前の縫い取りが施された高校ジャージ姿な自分自身を顧み、芹も若干反省するのだが、変えようという気は今のところない。着慣れているし、動きやすいし、何より友人からの厚意のお古だし。

「経験上、具合が悪くて、熱とか出てる時にはよく嫌な夢とか見てたので、あんまり気にしなかったんですけど……正直、お医者が苦手だからってイヤイヤ言ってるような状況でもないかもしれないって思ったんです」

史緒佳に対しては、自然と敬語になる芹である。史緒佳はテンコがリビングで祈里護里と一緒に、昨日の広告の裏に落書きをして遊んでいるのを確認し、ややつんとそっぽを向く。

「か、家族の医療費を削るほど、この家は困窮してるわけやありまへんえ。とっとと悪いとこ治して来なはれ」

「ありがとうございます、素直じゃないお義母さんかわいいです。テンコちゃんが聞いていないのをわざわざ確認したうえで、典型的ツンデレ科白《ぜりふ》をいただけるとは」

「何言うてはりますの、芹さん。もしかして、熱とかでもうおかしゅうなってはるの？」

芹の言い様を少し気味悪いモノを見るように横目で見ながら、史緒佳がおそるおそる確認しようと芹の額に手を伸ばしかけ、それから、自分でそれを隠すように、寸前でぎゅっと手を握って何事もなかったかのように取り繕った。

伸びてきて結局は触れることなく引っ込んだ史緒佳の手の行方を見ながら、少し残念そうに芹は苦笑を帯びた。

「あ。すいません。ちょっと……テンションおかしくはなってるかもしれないです。今まで、さんざん皇臥やお義母さんの心配を知らないふりしてたくせに、反省したとはいえ都合よすぎるかなあって、恥ずかしくなっちゃって」

満更冗談でもなく、照れくさそうに頬を指で掻《か》く。

「いきなりぶっ倒れられるより、全然マシでおす」

平然としながらまた一口、史緒佳は少し濃いめのお茶を口へと含む。

「そうですよねー。真っ青で痩《や》せこけて帰ってきて、布団に叩《たた》き込んで高カロリー食品詰め込ませてる干物状態な次男よりも、色々と体調悪いのを冗談で紛らわせつつも、ちゃんと自分でお医者にかかる決心をなさる奥様のほうが、ずっと可愛げマシマシですわよね、史緒佳様」

「こらぁああっ　テンコ！」

リビングで遊びに夢中になっていると思われたテンコの楽し気な声に、史緒佳は奇妙な声を上げて、それを遮ろうとする。テンコがそんなことを言い出しているということは、そのものでなくても似たようなことを史緒佳が愚痴っていたのかもしれない。それを想像して、芹の表情がへにゃりと緩んだ。

咄嗟《とっさ》に中腰になった自分の慌てようが恥ずかしかったのか、史緒佳はどう誤魔化《ごまか》そうとしてかしばし硬直し、それから真っ赤になって「芹さん、このお茶カプサイシンでもはいってますの!?」と訳の分からない難癖をつけはじめた。

「芹、その嫌な夢はいつもみるのか？　いつからだ」

実母と嫁の他愛ないやりとりを黙って見守っていた皇臥の表情がいつもよりも渋いこと

に気付き、ぽつりと落とされた真剣な響きの疑問に、芹はまじめに考えこむ。

「さっきも言ったけど、よく覚えてないんだよね。風邪っぽいなーって思い始めた頃くらいには、ちょっと眠りにくいなって思ってたけど、無自覚に見てたのかもね、ほら、夢って目が覚めたらよく覚えてないじゃない」

「ここのところの夢は、よく覚えてるってことか？」

「そういうことに、なるのかな」

もともと夢は、眠りが浅いときに見るものだ。

改めて思い出してみるが、夢の始まりにきっかけらしいことはあっただろうか。

――……というか。

皇臥が、微妙に真剣な表情で食いついてきている。

この半年の経験を思い出し、芹は眉間《みけん》に浅く皺《しわ》を刻んだ。

その妻の表情に、北御門流陰陽道《おんみょうどう》宗家の主人は、その背負う看板を考えるとらしくなくというべきか、否、本人を知っていれば実に、それらしいという狼狽《ろうばい》ぶりを滲《にじ》ませた。

じっと芹が無言で見返すと、関節に油をさし忘れたメカのように、ぎぎぎとぎこちなく視線を逸《そ》らす。

「……眠りが浅ければ、夢は見やすいっていうことを考えると、身体《からだ》の調子が良くないってことの結果が、悪い夢につながってるってことは十分にあると思う。あ、一応言っておくけど、夢がうざくて医者に行くこと決心したわけじゃないから」

「いや、どんなきっかけでもいいんだが……一応確認するが、今朝も、夢を見たんだな？昨日の夜から、朝にかけて」

皇臥の追及に、芹は素直に頷《うなず》いた。

「夢のこと？　うん、見た。いやー、今朝のはちょっと怖かったよ」

自分を真《ま》っ直《す》ぐに見つめてくる皇臥の視線に、少し怯《ひる》むような感覚を覚える。それを悟られたくなくて、ついつい饒舌《じょうぜつ》になっていることを芹は自覚した。

こんな時に何を考えているんだと自分でも思うのだが、多分、自分は皇臥の真面目な視線に、照れているのだ。

いや、きっと熱っぽいだけだ。

心拍数も多くなるし。やっぱりだめだな、睡眠不足は。

そう結論付けて、気持ちを落ち着けると言葉を待っているらしい皇臥へと、今朝見た夢を説明しようとする。

とはいえ、夢は夢にちがいない。怖かったというイメージがひどく鮮烈だったが、詳細は思い返そうとすればさらさらと記憶の形が崩れていく。

「今までも、すごく怖いイメージが近づいてくるっていうのは変わらなかったんだけど。今朝は……ちょっとね。まるで隠れん坊で鬼に見つかったみたいに『みーつけた』とか『お前のせいだ』みたいな恨み節が、耳元で聞こえた気がして、ぞっとした」

「……それは、ぞっとしますなあ」

中腰になったついでに、自分の湯呑をシンクへと下げに行った史緒佳が、耳を傾けていたらしく、相槌《あいづち》を打つ。他愛無い夢の愚痴とはいえ、同調してくれる相手がいると、ホッとする気がした。

「今まで、声が聞こえてきたような感じはなかったから、ちょっと驚いた。……正直に言うと、怖かった」

「もうひとつ確認する。昨日に比べて、不調の軽減は？」

「……え。別に、特にないと思う。少し良くなってたら、医者に行こうとか言わないよ」

自身の湯呑をテーブルにおいて、皇臥が無言で席を立った。少し早足に、リビングへと向かい、その吐き出し窓の前に立つ。窓の向こうには、離れの敷地《しきち》の区切りとなった低めの植え込みと、本邸の北側の土間に通じる勝手口が見えた。

そのリビングの大窓を、皇臥は勢い良く開け放つ。

「如月！」

昨日、逢《あ》ったばかりの式神を呼ぶ声が響く。

ほんの少しの間を空けて、北御門本邸の勝手口から、やはりスポーツウェア姿の如月が、ポケットに手を入れながら姿を見せた。

それを何気なく見ていた芹は、別人だとわかっていても、皇臥自身がジョギングから帰ってきたような錯覚を覚える。

「何、ご宗主」

「如月、昨晩何か変化はあったか？」

硬い声で、皇臥が自身の式神に質問を投げた。

ほんの少し怪訝《けげん》そうな表情を浮かべた如月が、己の左手を確認するように上げた。ちょいと、小指だけを立てるようにして皇臥へと示す。

「いや、なんも」

簡潔にして明瞭《めいりょう》な答えに、皇臥が眉間に深く皺を刻んだ。

「バカな。お前、お前手を抜いてなかったか？」

「おっと、ご宗主。そいつは、形代の役目を被《かぶ》せた式神に対する本気のお言葉？」

皇臥自身よりも、やや緩んだような表情をしている印象を持つ青竜の式神は、一瞬その表情を引き締めた。

「ご宗主が、形代を好きじゃないってのは、十分にわかっちゃいるけど、その役目を任じられた本人にとっては、結構なプライド持てる役割なわけで？」

口元は笑みを形作っているものの、皇臥によく似た顔立ちは一片も笑っていない。もう一度改めて、主人に向け小指に巻いた黒い糸を掲げて見せる。

「——……なんも、なかった。つまり、ご宗主の伴侶《はんりょ》にかかってるのは、十二天将の形代をすり抜けるような呪詛《じゅそ》ってことだ」

第三章　呪詛られるということ

1

北御門皇臥《きたみかどこうが》は、正座をしていた。

させられていた。

その眼前には、北御門史緒佳《しおか》が立っている。

さらに、同じ姿勢で天后《てんこう》のテンコも立っている。

「つまり」

たっぷりと、時間をかけて噛《か》み締めるように。史緒佳が普段よりもはるかに低音の声で息子へと問いただす。

「今の芹《せり》さんは、呪詛がかかってはると。で。あんたはそれに気づいていながら、黙ってたと……そういうことでおすな」

「……えーと、お義母《かあ》さん」

青竜とのやりとりを見ていた史緒佳が、声無く据わった目で、皇臥の襟首を摑《つか》んでリビングから本邸に引きずっていった。

到着したのは、内弟子である八城真咲《やしろまさき》の部屋だった。登校の準備をしていたところに、いきなり押し掛けられた状態の内弟子の困惑を見るに見かねて、おそるおそると襖《ふすま》に身体半分隠しながら、声をかける。さすがに、芹としても無言で皇臥を引きずっていく史緒佳を看過しえず、思わずついてきてしまった。

息子を正座させての詰問が始まるまで、芹も声をかけるのを躊躇《ためら》う怒りの空気が、史緒佳から滲んでいるのが感じ取れる。自分の神経が太いほうだと自覚はしている芹でも、無遠慮に声をかけるのは勇気が必要だった。

「あの。なんで、八城くんの部屋なんですか」

「真咲くんも、共犯の可能性があるのと違うかと思いましてな」

尋常ではない史緒佳の無表情に、ハンガーラックの後ろに半ば隠れるような姿勢で小さくなっていた八城真咲が、耳に入った言葉に慌てたように声を跳ね上げた。

「犯《ハン》ってなんすか！　オレ、一昨日《おととい》知らされたばっかで、共犯つーならむしろ……」

「むしろ？」

史緒佳に、低い声で重ねて問われ、八城がハンガーラックの後ろで無言になるのを芹は横目に見て取った。

「………」

ぐ、と瞬間言葉を詰まらせ、八城の視線はおそるおそると皇臥へと向かう。

まるで確認するように。

その目線に気付いた皇臥が、慌ててそれをかわそうと斜め下へと表情を伏せるのだが、さすがは二十年以上母親をやっていればわかるのだろう。史緒佳は無表情に頷いた。

「まだまだ、腹芸のできへんところは、よろしおすえ、真咲くん。……つまり、むしろ共犯候補はほかにおるわけですな。まあ、大体はわかりますけどな、うちのおとこしらは寄ると触ると喧嘩《けんか》ばっかりの癖に、悪さの時だけ一致団結ですわほんまタチ悪い……芹さん、なんでうっとりした目ぇしてはりますの」

大の男二人を前に、じんわりと怒りを滲ませた史緒佳へと送っていた熱い視線を指摘され、芹は思わず照れ笑う。

「いえいえ。うわー、お母さんなセリフだなあって、ちょっと感動してました」

「意味わかりまへんのやけど、力が抜けますさかい堪忍え」

史緒佳が振り返らずに呟《つぶや》く。

おそらくは、芹は他意もなく感心したのだろう。だから、眉間に微妙な皺が刻まれた程度で、史緒佳も嫌味のようなものを投げ返すようなことはしなかった。最近は、何を言ってもご機嫌そうなので調子が狂う。

「それはいいんですけど、お義母さんがいきなり何を怒って、皇臥を連れて八城くんの部屋まで乗り込んだのかは、ちょっと気になります」

「さっきの、佳希《よしき》と如月《きさらぎ》の話を、聞いてまへんでしたんか！」

「いえいえ！　聞いてましたけど。びっくりしましたけど。……まあ、正直今でもちょっと混乱してますけど。何で、言ってくれなかったのかなあって、好感度ポイント下がりましたけど」

「さがったのか！」

思わず反応した皇臥の脳天を、ぴしゃっと史緒佳が平手でしばく。

「ごまかしなはんな」

「じ、自信はなかったんだ」

「嘘《うそ》ですな。そういうことは貴緒《たかお》にまず相談してますやろ」

「…………」

「その前に。自分で気ぃついたんやおまへんな」

「…………」

八城の部屋に、自分まで勝手に踏み込んでいいのかどうか躊躇《ちゅうちょ》したため、部屋と廊下を仕切る襖越しに顔半分隠しながら、母子のやり取りを見守っていた芹だが、正座させられた皇臥がいつもよりも小さく見える。

「如月が朝っぱらから起きたはるさかい、おかしいと思いましたんや。芹さんに、呪詛。間違いないん？」

再度の、念押しのような史緒佳の詰問で、芹はこちらをうかがっていたのだろう皇臥と、ばっちりと目が合った。

気まずそうに何かを言おうとして、視線を外し、少し考えて、もう一度芹を見上げる。

きっと、色々と頭の中を駆け巡っているものがあるのだろうな、などと皇臥の表情の変遷を、少しだけ微笑《ほほえ》ましく見てしまう。そのわずかに緩んだ口許《くちもと》の表情が皇臥にどう見えたのか。

びくっと、身体《からだ》が竦《すく》んだように思え、自分はそんなに恐ろし気な顔になっていただろうかと、芹は首を捻《ひね》った。

護里《まもり》と祈里《いのり》は、芹の両脇から離れて、部屋の片隅で三つ折りに畳まれた八城の布団で遊んでいる。

「貴緒が、まず間違いないと判断した」

覚悟を決めたように、大きく息をついて、皇臥が重々しく告げる。

「ぶっちゃけ俺には、判断できなかった。芹がこの家に来て半年ほどだが、呪詛をかけられる切っ掛けがあったように見えないし、護里が気づいていない。本邸に何度も出向いてるはずだが、律《りつ》もだ。だから、貴緒にも判断ミスくらいあるんだろうと思いたかったんだが……」

「えーと。ごめん、根本的な部分から、質問していい？」

史緒佳の前で正座の姿勢になり、部屋と廊下の境目に立つ芹へとやや頭を下げながら、皇臥が訥々《とつとつ》と、感情をこめない声音で述懐する。その言葉を、芹は幾分申し訳なさそうに切った。

「何でも、聞きなはれ」

史緒佳がなぜドヤ顔なのかをうっかりと尋ねそうになったが、それは意志の力で抑え込み、そっと片手をあげる。

「呪詛って、いわゆる呪われてるってことだよね？　わたしが」

「そうなりますな」

さも当然というように、史緒佳が頷《うなず》いているが、皇臥はやはり気まずそうに芹を窺《うかが》っている。まるで、叱られるのを恐れる悪戯《いたずら》小僧のようだ。何となく、震えている大型犬のように見えてしまい、もしかして自分は抗議するべき立場なのかもしれないが、追い打ちがかけにくい。皇臥が、呪詛という案件が苦手——というよりも恐れているということを知っているから、余計にかもしれない。

「あの……どの辺から、そう思ったの？　どういう状態から？」

「芹が、体調が悪いというのを聞いた時には、正直思ってもみなかった。……何日か前、朝のゴミ出しの際にそんな話をしていたと思うが」

いつだっけ、首を傾《かし》げた芹に、皇臥はやや気落ちをしたような空気を醸し出す。

「『さばまるファンシーランド』に行く前くらいだ。今から考えれば、多分そのときには呪詛《じゅそ》が体調に影響しはじめていたんだろうと思う」

嫌そうに、きまり悪そうに皇臥はやや言葉を濁しながら答える。

「倦怠《けんたい》感、発熱、眩暈《めまい》、耳鳴り、片頭痛、悪寒などの身体的症状は、軽い風邪や不調と判断されることが多い。精神的な症状としては、悪夢は筆頭だ。さらに、起きているときにも恐怖感を煽《あお》るような幻覚症状……或《ある》いは幻聴が、定期的に繰り返される」

カサ。

芹がいるのは廊下なのに、不意に、落ち葉を踏むような足音が真後ろで聞こえた気がして、ぞくりと背筋に悪寒が走った。それに気づかれないよう芹は一歩八城の部屋に踏み込んで、背中で襖を閉める。後ろが、空白なままなのは何となく怖かった。

「身体的精神的なものの他にも、色々あるが……自覚しやすいのはそのあたりだと思う」

「……皇臥の言う身体的症状って、ものすごく、普通に医学的体調不良の諸症状だと思うんだけど」

「ああ。そうだな、実際には医学的な処置で治療できる状態であることも多い。しかし、呪詛になると投薬治療を受けても全く改善されないんだ」

一応、懐疑的な意見を投げてみたが、皇臥はそれにあっさりと頷いた。頷いて認めたうえで、何となく、それを見守る形になっている史緒佳が、ひどく渋い顔になっている。

「あー。だから、しつこく医者行けって言ってた？」

「普通に、医者に行って改善できるなら、万々歳。貴緒を一発蹴《け》れれば気が晴れるしな」

「北御門家兄弟の肉体言語が過激すぎる件については、いかがですかお義母さん」

「多少は反省してますけど、余計な方向に頭回る体力バカばっかしのおとこし三匹相手に、か弱いうちに何ができるいうんでおすか？」

「……男の子三人育てるって、大変なんですね」

「芹さん」

育て上げた末っ子を正座させてその正面に仁王立ちしている史緒佳へと、ついつい温かな視線を送ってしまっていたのだが、ずっと不機嫌な空気を滲《にじ》ませていた史緒佳が、溜息《ためいき》を一つついて、芹へと改まった声音で呼びかけた。

「話題の焦点をわざとボケさして、佳希をうちの癇癪《かんしゃく》から逸《そ》らそうとするんは……まあ、正直、偉いと思います。カタチだけでも、伴侶《はんりょ》やと」

静かな口調で指摘され、芹は小さく首を竦《すく》めて、姿勢を正した。

「すいません、そういうつもりはなかったです」

「せやけどね。対等やないでしょ。こういう時は、自分に何が起きてるのか正しく知って、わからへんことやったら互いで相談するのが伴侶いうものやありまへんか。自分に何が起きてても、蚊帳《かや》の外。それは……嫌とちゃいますか。もちろん、全部が全部、夫婦で晒《さら》しあえいうんやありまへんし、いろんな形はありますえ。せやけどね」

「――……わたし自身のことで、隠されるのは、やですね。その隠し事を、どう感じるにしても」

襖に背をもたせかけていた芹が、史緒佳の指摘に静かに考えこんで、ポツリと口にした。

その瞬間、皇臥と史緒佳が一瞬同じ色に表情を翳《かげ》らせたのを見ていたのは、八城だけだ。

「でも、死にいたるような病とかだったら……知りたくないような、ああ、でも、知って色々と準備しておきたい気もするし。抗《あらが》いたいし。そこは本当に……複雑で、難しくて、わたし自身でも答えは出ないと思います。正解もないと思います。だから皇臥がわたしに明かすのを躊躇《ためら》う気持ちも、ちょこっとわかるような気がしなくもないんですよね」

「病気と呪詛は、ちゃいますけどな！」

すぱん、と史緒佳は芹の言葉を断ち切った。

「呪詛は、断てる方法がありますのや」

「あ。それは、黙られてると薄情って思うかもしれない」

「ただし、ご主人様の場合、うまく断てるかどうかが問題です」

史緒佳の隣で、皇臥に向けて仁王立ちしていた天后のテンコが付け加えた。

芹としては、当事者ではあるが複雑である。自身が呪詛にかかっている。呪詛ということは、それをかけた相手がいるということだ。

……呪われるほど、自分が疎まれているというのはあまりいい気はしない。

どこかに迷惑をかけたか、トラブルを起こしたか。やりとりの合間に脳裏で検索してみるのだが、心当たりらしきものがない。

「逆恨みとか、見当違いなんか、いくらでもある話でおす」

芹の表情を見て取ったか、史緒佳はこれ見よがしに肩をすくめた。

「うちが気に食わんのは、佳希が、自分の苦手分野やからて、不調を起こしてる伴侶に、わかっとってその原因を黙ってたことですわ。むしろ、対象に詳しぃ話訊《き》かんで、自分だけでこそこそと……大体、芹さんに不義理やと思いまへんのか！　あと、そんな器用なことがあんたに出来たら、全然愁いのう、北御門家継げてますわ！　あんたが！　しっかり嫁守らんで、旦那《だんな》やなんて胸張れますんか！　あほとちがいますか！　芹さんに、なんかあったら、どないするの！　あんた責任取れますんか！　なんかあっても、のうても！　苦楽分けあえんで都合の悪いこと隠して、よう夫婦やとか言えましたな！」

今までに、芹が見たことがないほどに史緒佳はひどい剣幕で息子を叱りつけている。八城の手こそは上げないものの、言葉での往復ビンタ状態だ。八城の布団で遊んでいた玄武の双子たちですら、手を繋《つな》ぎ合って息を呑《の》んで動きを止めている。

息継ぎなしで息子を詰《なじ》ったのち、史緒佳はやや息を乱し、大きく息を吐いた。

「――……家族に、大事なことを黙ってられるのはつらいて……佳希も、わかってますやろ。それに」

言葉を続けようとして、史緒佳は一瞬ためらった。躊躇《ためら》って、襖を背にして立つ芹を振り返り、出かかった言葉を呑み込んだようだった。

ハンガーラックの陰で大きな身体を縮こまらせている八城も、言葉なく黙り込み一緒に叱られている状態だ。

「あの。ちょっと皇臥に聞いておきたいんですけど。いいですか、お義母《かあ》さん」

今しか言葉を挟む機会がなさそうで、少し早口で、芹は史緒佳へと声をかけた。それに気づいた史緒佳が、半歩下がるようにして芹と皇臥の目線が合いやすく空間を空ける。

「えーと。皇臥が、わたしにかかってる呪詛のこと、知ったの正確にはいつ？」

確認するような芹の言葉に、正座のままうなだれていた皇臥が顔を上げ、少し考えながら答える。

「……『さばまるファンシーランド』の件のすぐ後、聞いた」

「あー。じゃあ、すごい最近じゃん。じゃあ言葉も選ぶよね。選んでる最中だったといってもいい」

すごく露骨な誘導だなー、と自分でも思いながら、芹はちらちらと史緒佳を見る。このまま、一方的に皇臥が責められている状態なのは可哀想《かわいそう》だと思ったのだが、その視線に気づいた史緒佳は、やはり苦々しい表情で眉《まゆ》を顰《ひそ》めていた。すっかり悄然《しょうぜん》とした様子のその息子は、正座のまま微動だにしていない。ただ、口唇《くちびる》だけが動いて見える。

「言い訳になるが、俺自身も半信半疑だったんだ。貴緒の間違いならいいと思ってたし。だが……放置もできない。だから少しでも障りを逸らすために、十二天将で唯一、形代《かたしろ》の役目を持つ如月を起こして……芹の呪詛の形代を務めさせようと思った」

視線を何気なく彷徨《さまよ》わせたのは、その形代の式神を探そうとしたのかもしれない。この場にはいなかったが。

「如月を、腰を据えて細かい調整をすれば、俺じゃなく芹の身代わりにできる。だが、今は取り急ぎ、一番簡単な方法で呪詛を受け止めさせようとしたんだが……芹の不調が止まっていない。正直、ありえないことだ」

そういえば、リビングでスポーツウェア姿の若皇臥が、小指に黒いものを巻いているのを見せつけていたなと、何気なく芹も思い出す。

「小指の、あれ？」

「そうだ。手に入れた芹の髪を導線にして、如月に呪詛を受けさせるつもりだった」

ぎこちなく、皇臥が芹の確認に頷いている。

「本当なら、それで呪いというか……その、呪詛っていうのは止まるはずだった？」

「ああ。なのに、芹は今朝も悪夢を継続して見ている。悪夢や幻視幻聴は、霊的障害の最たるものだ。だから、如月に手順を間違えなかったかと、思わず……」

もごもご、と言いよどんだのは、自身の式神の出来を疑ったことを後悔したのか、それとも信じ切れていないのか。本人も複雑そうだ。

「それで、如月くんにも止められなかったということは、これからどうなるの？　わたし、嫌な夢ずっと続行で、風邪が治らないまま？」

「そんな暢気なもんですか」

ぴしゃりと、史緒佳が口を挟む。それに重なるように、皇臥と八城が身体《からだ》を強《こわ》ばらせた。

「悪夢が続いて身体が疲れて、体力が戻らんようになる。睡眠が阻害されるというのは、それだけでかなり消耗するもんですわ。しかも、削《そ》げたまま戻りまへん。人によっては違うのかも知れまへんけど……うちの経験上では、一撃で何かあるようなことには、なりまへんけど、薬も医療措置も役に立たんまま、もしかしたら目ぇ、閉じたら開かんようになるかもしれんと思いながら夜を過ごすのは……気が塞《ふさ》ぎますえ。気持ちが落ちると、さらに呪詛は強まりますさかいに」

史緒佳の言葉を聞きながら、芹は息を呑んで、じっと気まずげな姿を見つめた。

そういえば、史緒佳は以前『陰陽師《おんみょうじ》の嫁というものには、理不尽が多い』と、口にしたことがある。

「お義母さんも、呪詛にかかった経験がおありなんですね」

口振りから確認も必要ないと思ったが、史緒佳は気まずそうに眉間《みけん》の皺《しわ》を深くしただけだ。ちがうとはっきりと否定しないということは、肯定だろう。

「お義母さんの時は、どうやって、その呪詛を解いたんですか？　ていうか……誰から、だったんです？」

つい、という素振りで芹が口にしたのは、本当に何気ない問いかけだった。

ただ、芹としては史緒佳が呪詛にかかったことがあるという経験と、その解決法がもしかして自分にも参考になるのではないかと思ったのだ。

しかし、その瞬間。場の——内弟子の部屋の空気が目に見えて凍った。

史緒佳だけでなく、皇臥の表情が見たこともない色合いを帯びたように、芹には見える。

触れてはいけない部分に、触れてしまったかのような。

それが芹の気のせいではないことは、居合わせた八城の狼狽《うろた》えたような戸惑いの表情からも明らかだ。今まで自分の知らなかった部分に触れた驚きとでもいうのだろうか。師とその母を見遣《みや》っていた弟子の目に、いきなり部屋に踏み込まれた時以上のおたつきが見て取れる。八城と、芹が互いに部屋の端と端から目を合わせても、互いが頭の中に疑問符を満たしているのがよくわかった。

部屋の空気が微妙に濁ったのを感じ取ったからだろうか、ぷい、と史緒佳が踵《きびす》を返して八城の部屋から出ていこうとする。

部屋の襖《ふすま》を開けるには邪魔な位置に立っていることに気付き、芹は慌てて跳《と》び退《の》くように道を譲った。

無言のまま、足音のないすり足で長い廊下を歩いていく背中を襖ごしに見て、正座状態の皇臥と見比べて、しばし考え、迷ったのちに史緒佳を追いかけた。

珍しいことに、皇臥の前に立っていたテンコが、史緒佳についていかない。

「あの。お義母さん。……えーと、お義母さん」

北御門家本邸の長い廊下の、西側へと折れる角で足を止めた史緒佳へと、少し蹈鞴《たたら》を踏みながらも追いついた芹が声をかける。

「……すんまへんな。芹さん」

史緒佳から返ってきたのは、背中からの謝罪だった。

自分が、北御門家のセンシティブな部分に触れてしまったかもしれないことを謝ろうとしていた芹にとっては、意外な言葉だ。

「へ？　いえ、その……」

「ああ……ちゃいますな。この場合は……おおきにえ、芹さん」

少し考えて、背中を向けていた史緒佳がほんの少し顔を傾けるようにして芹を振り返り、言い直す。

芹が、思わぬ言葉に目を白黒とさせていることに気付いた史緒佳が、初めて小さく笑った。柔らかな微笑だった。

「佳希を、かぼうてくれましたやろ。ほんに、あの子は……けったいなところで、意地張りなごんたで困りますわ」

そう言われて、皇臥が責められているときに割り込んで方向を少し捻《ね》じ曲げようとしたことを、史緒佳はやはり気づいていたのだと思い至る。自分でも、やや強引だとは思っていたので、当然だろうか。それを知っていながら、皇臥へと追撃をしなかった史緒佳も、複雑な心境なのかもしれない。庭から、淡く日差しが届くだけの廊下はひんやりとして静かで、遠くから雀《すずめ》が鳴きかわす声だけが聞こえる。

「男は、面子《メンツ》の生きもんです」

ため息交じりに、史緒佳がぼそりと呟《つぶや》いた。

「体面、プライド。芹さんにはつまらんと思うことかもしれまへん。せやけど佳希は、あれでもやっぱりおとこしですからな。自分が守らなあかん嫁や弟子に、よりによって母親に叱られてるようなところ、見せたいはずおまへんのや。わかってて、真咲くんの部屋で叱ったうちも大概ですけどな」

「お義母さん……わざとだったんですか」

史緒佳の述懐に、芹は苦笑するしかない。八城は八城で登校前に巻き込まれ事故に遭ったようなものだ。

「あの時、佳希がいっとう応《こた》えること、やれるのはうちしかおりまへんでしたやろ。あの子は、ほんに、見栄《みえ》っ張りでしてな。嫁の前では、ええ格好しいで……それ自体は、決して悪いことやおまへんのやけど、それを都合の悪いことを隠すための言い訳にさしたらあきまへん」

芹は少し困ったような、居心地の悪いような思いで、史緒佳の言葉に耳を傾けていた。

本当は、北御門家の触れられたら嫌な部分に、自分が何気なく無神経に触れたのではないだろうかと、それを謝罪するために史緒佳を追ったのだが、逆に礼を言われてしまった。

それに、皇臥を庇《かば》ったのも、彼の顔を立てるため、という意識があったわけでもない。

何となく、だ。

——……なぜ、何となくそう思ったのかは、自分でもわからなかったが。

「大方、めちゃくちゃにへこんでますやろさかい、まあ……機嫌でもとったってくんなはれ。隠し事は気ぃ悪いですやろけど、一応……佳希は、まあ、芹さんに気を遣おうと思てのことでおす。その遣い方が、間違《まち》ごうてますけどな」

「気を遣ってもらったというのは、少し嬉《うれ》しいことですけどね」

「佳希を、そう思てもらえてるうちは、花ですけどなあ」

肩越しの表情は、今までになく緩んだ笑みだった。芹から見ると、逆光気味に顔半分陰になっているから、そう思えたのだろうか。半年、共に暮らしてきて好敵手のような、同志のような、悪友のような義母との関係は、少しずつ互いに軟化してきたような気がする。嫌がらせもされるが、行き過ぎれば反撃だってしている。

その嫁姑《しゅうとめ》の空気を壊すのは嫌だったが、それでも聞いておくべきかもしれないと、少しだけいつもよりも表情を緩めた史緒佳の横顔へと、芹は思い切って声をかけた。

「あの。……わたし、さっき、変なこと訊《き》いちゃいましたか？　お母さんが呪詛《じゅそ》にかかったことがあるのかって」

「ひょっとして、それ、訊くためにうちを追いかけてきたんですか？」

少し意外そうに史緒佳は目を丸くして、そして、また迷うような色合いを表情に浮かべ、眉間に皺を寄せた。寄せて、独り言を呟き、肩を落とす。

「わたしが不用意なこと口にしてたとしたら、これから先も気を付けたほうがいいかなって。部屋が凍る感じ、八城くんも、びっくりしてましたし」

「…………まあ、佳希は、言うてまへんのやろな。そらそうですわな」

情けなさそうに史緒佳はやや うなだれたような形で大きく息を吐き、少し考えて芹を真《ま》っ直《す》ぐに見返した。

「これは芹さんが、悪いわけやないんよ……うちが、呪詛にかかったこと、おます。それで、巻き込んでしもたお人らが……いるんでおすわ」

「巻き込んだ……」

史緒佳の声音の苦さに、芹は言葉を失う。

「——……芹さん、薙《なぎ》ちゃんに会《お》うたことがあるんでおしたっけなあ」

薙ちゃん。

こんな時だというのに、ちょっとだけその親し気な響きにむかっとしたが、表情には出さなかった。出なかった、と思いたかった。

「夕木薙子《ゆうきなぎこ》さんでしたっけ。以前にお会いした時、よくしてもらいました」

「実際あの子らには、北御門追い出されたって、恨み事いわれてもおかしゅうないんですわ。あの時は、ホンマに……うちの人が、荒れましてな」

夕木薙子。もともとは、ずいぶんと昔にこの北御門家で内弟子として修行を積んでいた、陰陽師見習いだったという女性だ。今は、少々怪しい商売をしているようだが、悪人ではないと芹は思っている。弟とは八城も時折連絡を取り合っているようだ。

うちの人、と史緒佳が言うなら、史緒佳自身の夫であり、北御門皇臥の父親のことだろう。北御門祷守《とうま》という名だと聞いている。

「巻き込んでしもたのは、うちの人の……祷守さんの一番弟子でおした。北御門から独立してからも、足しげく通って色んな方面で世話をしてくれて、支えてくれたお子でしてな。

多分、うちの人にも一際、思い入れのあったお弟子でしたやろ。佳希にとっても、兄たちよりもよぅに、遊んでもろてた相手でした」

「……皇臥に、とっても」

どくん、と芹の心臓がなぜか嫌な鼓動を一つ、打った。

前触れなく目の前に、白線が引かれたような。

渡ってはいけないと、信号機がチカチカと光を帯びて、警告しているような。そんな奇妙な焦燥のような感覚が湧き上がる。

「呪詛に、巻き込んで亡くしました――」

光の加減だろうか、そう言葉にした史緒佳の表情は泣いているようにも見えてしまった。

そして、口にしてからもらしくもなく、史緒佳は動揺したように表情を揺らし、それを糊《こ》塗《と》するように何気なく口元を手の甲で隠す。

「先代、北御門皇臥の一番弟子でおす。ほんに、あの人があそこまで荒れたのを見たのは、最初で最後でおした。――あの人も、佳希と同じ……嫁の前では格好つけ、でおしたんやけどね。自身の可愛《かわい》がってた身近な人間も、護《まも》れんような無能やと……自分を責めて、責めて。今の自分には家族を守るのが精いっぱいや言うて、その時抱えていた弟子だけでなく、内弟子も全部、問答無用で、北御門家の外に……よそに出したんですわ。実弟の武人《たけひと》さんも含めて」

薄暗さを保ったままの廊下に、史緒佳の言葉が静かに流れる。

「まあ、薙ちゃんだけは……お家《うち》に問題がありましたさかいに、もう少し、北御門に居《お》りましたけど。まあ、北御門の事情のみですから、弟子たちにとっては、中途半端に追い出された……いうのも、間違いではないんですわ。北御門にもそれくらいに、余裕のない時期がありましたんよ」

芹は、史緒佳の紡ぐ言葉へと耳を傾けていた。

そして、理解できたのは――史緒佳に向けられた、たった一つの呪詛によって、北御門家にとって大切な人が失われ、周囲の人々の人生を様々に狂わせたということだ。

だから、史緒佳はさきほど殊更強く皇臥を叱ったのだろうか。

もしかしたら、その当時の史緒佳も呪詛を受けたことを秘密にされていたのかもしれない。最悪の場合、どうなるのかを知っているがゆえに、だからこそ、同じことが起きるのではないかと、危惧《きぐ》したのだろう。

「――……ああ。どうやって、うちの呪詛を解いたかについての答えには、なってまへんなあ」

ふと、気付いたように史緒佳は、吐息交じりに呟く。

「呪術に関しての専門的なことは、わからんで堪忍ねえ。あの時のことを、少しは詳しいに知っとるのは……ああ、ちょうど、切腹の間でくたばってますなあ」

どこか弱弱しく見えていた史緒佳の顔が、不意にどす黒さを帯びた。

にたぁり、と表現するのがふさわしいような、底意地の悪い笑み。

あ。お義母《かあ》さんが、会心の意地悪を成功させたときの笑みだ、と芹は何となく嬉しくなる。気落ちをしているよりも、悪いこと考えて一生懸命悪戯《いたずら》しようとしている史緒佳のほうが安心だ。

「あー。鷹雄《たかお》さん」

「ちょーっと、話をしてきますわ」

史緒佳の笑みは、この間つけていた家計簿が真っ白になっていたのに気付いた時の、芹の蒼白《そうはく》な顔を見た時と同じ清々《すがすが》しいほどの黒い笑みだ。ちなみに、家計簿はちゃんと別に取り置きされており、同じ家計簿用ノートを同じくらいの古さに汚し、最初の数ページを史緒佳自身で写してフェイクの家計簿を作成したようだ。

一瞬の芹の驚愕《きょうがく》を見るためだけに、手の込んだ苦労を……と、憤るよりも感心したものである。

嫁いびりというよりも、すでに単なるどっきり企画ではないだろうか。

「お義母さーん。一応、病人ですからねー」

「知ったことやありまへんなあ。芹さんは、どうせ塩かけられた青菜みたいになってる、当代の大黒柱の機嫌でも、取ってやりなはれ。多分、それが一番元気になりますやろ」

ふん、と小さく鼻を鳴らした史緒佳は、止めていた足を少し速めるようにして、西の棟へと歩き出した。芹も、そろそろ仮旦那《だんな》の様子が気にかかっていた頃合いだ。

「わかりました。お義母さん、多分……言いにくいこと、お話ししてくださってありがとうございました」

史緒佳の背を見送るようにして、芹は一礼する。

頭を下げて、まだ奇妙に胸の奥で鼓動が不安定に脈打っているのを感じていた。不整脈のように、奇妙に胸の奥に残る違和感が、ずっと芹自身の好奇心に、制動をかけている。

「いや。ちがうちがう。落ち着けわたし」

顔を上げながら、芹はぶんぶんと左右に首を振って、ひたひたと押し寄せるような落ち着かない不安感を振り払った。少し、眩暈《めまい》がするのは不調のせいか、単なる女性にありがちな鉄欠乏性の脳貧血か。きっと、そういったものだ。

蟠《わだかま》るような焦燥感は、呪詛にかかっているなどと知ったばかりのせいだろう。

そう自分に言い聞かせ、自身の両頬を軽く叩《たた》いた。思いがけないいい音が響いて、先を歩いていた史緒佳がびっくりして振り返ったほどだ。

つい、照れ笑いをして、歩いていく史緒佳の背中へと手を振った。振った手と反対側に、軽い重みを感じて視線を下ろせば、いつの間にかそっと黒振袖《ふりそで》の幼女が、芹の袖を握っている。

「護里ちゃん、皇臥、落ち込んでる？」

「あい。べこべこです」

柔らかくひんやりとした手が、心地いい。

護里の言い方につい笑ってしまいながら、軽く手を繋《つな》ぎ芹は八城の部屋でへこんでいるのだろう仮旦那のところへと足を運ぶことにした。

2

予想に反して仮旦那が、目に見えて沈み込んでいたのは、八城真咲が私室として使っているのとは別の、その隣の少し広い続き間のひとつだった。

八城が、自身の部屋の襖《ふすま》を閉めずに、芹を待ってそっと隣の部屋を指さして教えてくれたので、戸惑いはしなかった。ついでに、その部屋の襖の前で、若い姿の皇臥そっくりの式神が立って手招きしていたので、それはちょっと余計なお世話のような気がした。

昔は、北御門家で団欒《だんらん》が行われていたのだという、茶の間だ。今はがらんとほとんど何もない和室である。

ガラス障子ひとつで、北御門家の離れから見える土間に続いている。

ちなみに、部屋に入る前にテンコが護里を担ぎ上げるようにして芹から引き離して、荷物のように如月へと渡していた。如月と護里が仲がいいというのは、北御門家では共通認識なのだと芹は密《ひそ》かに感心する。

「……皇臥、だいじょぶ？」

式神たちのやり取りはいったん無視し、芹はそっと薄く襖を開けて、中を覗《のぞ》き込む。薄暗い元茶の間には、大人しく正座の状態のままの皇臥の背中が見えた。

「――……みっともないところを、見せた」

ぼそりと、小さな声が聞こえる。

「いや。それはむしろ、わたしが申し訳ないことしたなあって思う。ついつい、勢いで皇臥とお義母さんを追いかけちゃったけど……」

「芹には、知る権利がある。今回は俺が勝手なことをした、芹に対して不誠実だった。すまん」

入室して襖を閉めると、何となく隣へと座る。

座って、少しだけ笑ってしまった。今にも二の腕同士が触れそうな、体温すらうっすら感じそうな距離に、ごく自然と意識せずにいる。

「わかった。謝ってくれたから、今回はチャラ。……わたしは、呪詛とか祟《たた》りとか、まだぼんやりとしかわかってない人間だから、皇臥が伝えるのに躊躇《ちゅうちょ》するってことはわからなくもないいんだよね。だって、絶対に面倒じゃん」

「俺は、芹に対して面倒くさいと思ったことはないぞ」

「えーと……うん。それは、皇臥の偉いところだなあと思う」

少しへこんだような空気を漂わせる隣へと、視線は向けないままに、芹は多分、長い時間北御門の家族が団欒してきたのだろう部屋を、改めて見回した。今まではせかせかと通り道にすることはあっても、あまりこうしてじっくりと空き部屋になった茶の間を眺めたことなどなかった。

少し黄ばんだようなコンセント、もう通じていない電話のジャック。きっと水屋やレトロな電話台が置かれていたのだろう家具の跡がうっすらと壁に残っている。少し褪《あ》せたような畳には小さな楕円《だえん》の焦げ跡が残っているところを見ると、かつては喫煙者がいたらしい。思ったよりも天井が高く、柱の一本には何やら見覚えのないお札が張られていた。

改めて見ると台所へと出る脇の柱は、物差しもかくやというほどに、細かく線が刻まれている。しかしその柱、気のせいか、微妙に歪《ゆが》んでいないだろうか？

芹の視線の行方に気づいた皇臥が、かすかに笑ったようだ。

「北御門家の歴史だなあ、その柱は。子供の頃はそこに、身長を刻んでたんだ。親父《おやじ》も、祖父もその前も代々やってたらしくてな、俺たちの代になる前に、何度か鉋《かんな》をかけて疵《きず》をリセットしてきたらしい」

「あー。だから色が違って歪んでるように見えたのかー」

納得したというように、芹はポンと手を打った。立ち上がって、疵を確認しに行く。

端午の節句に刻む、柱の疵を歌った童謡があったことを思い出し、短くそのワンフレーズを口ずさんだ。

同じ名前が、年代順で少しずつ、少しずつ、高い場所へと刻み直されていく。

ヨシキ、タカオ、と名前を見つけ、最初は芹の胸元にも届いていない身長だと気づいて、思わず口唇《くちびる》が緩んだ。古い擦り切れた場所には、辛《かろ》うじてタケヒトの文字も見える。見慣れない名前のほかに、ナギコ、と名前が彫られている箇所を見つけて、改めてこの部屋で、北御門家は団欒をしていたのだという実感が湧き上がる。

「薙子さん、みっけ……ってことは、家族以外、内弟子の人の身長も刻んでるんだね」

「ああ。うちでは高校生くらいまでは、大概子ども扱いだ」

知らない名前を指で確認するように、一つ一つ触れていた芹の真後ろに、仕草を見守るように皇臥が立った。

背中に、ふんわりと気配を感じることに、奇妙に神経が昂《たかぶ》るのはなぜなのか。

芹よりもずっと長く、節くれ立った指が、芹の指の後を追うように柱の疵に触れる。

トウマ、シロウ、ソウジ、キミト、シン——高い場所に刻まれたあたりの名前はわかるものもあるが、タケヒト以外芹はあったこともない。知らない、北御門家の歴史だろう。

何度も重ねられて、読めなくなっている名前もあった。

「お義母さんの名前はないんだね」

「さすがにな。内弟子として、真咲の身長も刻んでおくかと思ったが……高校は卒業してるしなあ」

「身長測ったら、一番上だよね、きっと。長く残りそう」

というか八城の身長を考えると、鴨居《かもい》に頭をぶつけるレベルだ。しばらくは、彼の疵を超える北御門一門は現れないだろう。多分。

「北御門家がぽしゃらないかぎり、残るぞあいつなら。……悪くないな、俺の一番弟子の疵が一番長く残る、か」

「師匠バカ？」

なんだか本当に鼻高そうな皇臥の声音に、思わず笑ってしまった。自分のことはぼんくらだ無能だと卑下しまくるくせに、弟子は密かに自慢なのだ。

「皇臥は、ホント、身内に甘いんだから」

「…………」

むぅ、と背中から少し不満げな空気が滲《にじ》む。

そんな身内に甘い皇臥なのだから、その身内が呪詛《じゅそ》を掛けられて平静でいられるはずがない――。

「そういう、皇臥が……多分、ちゃんと身内の一人だって思ってくれてるわたしに、呪詛がかかってるって知ったら、すごく、きっとすごく……動揺したと思う」

おそらくは、皇臥にとっての身内の名前が連綿と刻まれているのだろう、柱を見上げながら芹は一瞬だけ背後を肩越しに振り返った。

真後ろに立つ長身は僅《わず》かに芹へと影を落とし、少し困ったような表情を浮かべている。

「全身の血が、凍るかと思った」

しかし、言葉に迷った様子はなかった。きっとその言葉に嘘《うそ》はないのだと、芹は無条件にそれを信じる。

背中に淡く皇臥の温《ぬく》もりを感じる。気づけば、芹の肩越しに腕を伸ばした皇臥が、かつて刻まれた柱の疵に触れていた。己の顔の横を通るように伸ばされた長い腕。芹の頬を、皇臥のシャツの袖《そで》が触れるのがひどくくすぐったい。動くにつれて、和装ではなくカジュアルな洋服なのに、ほのかな香の香りがした。

芹に香道の嗜《たしな》みはないのでざっくりと「お線香の匂い」となってしまう教養のなさを、初めて少し残念に思う。

「…………うん」

さきほどの謝罪で、隠し事に対してはチャラになったのだから、この場合は更にどういう言葉を返すべきなのか。

「芹？」

「え……ええっと……あのね」

怪訝《けげん》そうな皇臥と視線が間近で出会って、言葉に詰まる。

お礼を言うべきなのか、としばし悩んだ。それに近い気持ちの温もりを感じるのだが、ちがう気もする。喉元《のどもと》まで、何かが膨らむようにせり上がってきていて、その形のない感情は——不意に、すん、と喉の底へと落ちていった。

茶の間の奥の土間——京風にはおくどさんとも呼ばれる台所に、ガラス障子にて繋がっており、さらにその向こうには芹たちが生活する現代住宅である離れが、見える。

どうやら、誰かが残った朝食のコールスローを離れの食卓から失敬してきたらしい、土間では赤い髪の少年と、背筋のシャンと伸びた美髯《びぜん》の執事と。そして、小柄な老女がボウルのラップをぺりぺりと剝《は》がしているところだった。

茶の間と台所。柱を挟んでばっちりとタキシード姿の伊周《これちか》と目があい「お気になさらず」とばかりに、優雅に微笑《ほほえ》まれてしまった。なぜか一気に恥ずかしくなる。顔面に、一気に血が上る。顔面が、一瞬で朱に染まった。

「――――……〰〰〰ッ!!」

「せ……」

芹へと呼びかけようとした皇臥が、同じものを見つけて、今度は老女の律に台所から微笑まれてしまい、凍り付く。

年長式神たちの反応に一拍遅れて気づいた少年姿の錦《にしき》が、きょとんとしてからくしゃりと表情を笑み崩した。

「よー！　気にすんなー主《あるじ》、芹！　夫婦ならふしだらすんのも当然って、伊周も言ってたぞー！　どーせなら、早めに次代の準備頼むって……うわぁあああっ!?」

揚々と悪びれることなく胸を張る少年姿の式神の赤い髪に、不意に何かが落ちてきた。

白い蛇だ。

どこに潜んでいたものか、おそらくは台所の天井付近でのんびりしていたのだろうか、ボールペンほどの太さの白蛇は、朱雀《すざく》の赤い頭に落ちて、そしてその首へと白い振袖の肘《ひじ》を巻き付けるように人形《ひとがた》へと変化したのだ。そのまま容赦なく締め付け、引きずる。

さらには、ぽこぽこと年長の伊周へと、小さな拳《こぶし》を打ち付けていた。

さすがは、式神にも通じるという退魔の力を持つ式神ではある。

「祈里ちゃん!?」

「申し訳ありません、お二方。今のは、確かに無粋が過ぎました、私としたことがタイミングが悪かったようです。祈里も、すいませんでしたね」

小さな拳で殴られながら、癇癪《かんしゃく》を起こした孫を宥《なだ》めるように年長の十二天将・貴人《きじん》、伊周はコールスローのボウルを落とさないように掲げて逃げるような仕草をしている。

祈里に首を極められた錦は、ややぐったりとしてなすがままだったが。

よくケンカしている二人とはいえ、割って入ろうとガラス障子を開け、裸足《はだし》のまま土間へと降りて伊周と錦相手に幼い仕草で乱暴狼藉《ろうぜき》を働いている祈里を、押さえようとする。

気づけば、大陰《たいいん》の律はいない。あっさりと逃げることに成功したようだ。律は北御門家内では神出鬼没だ、芹も目で追いきれなかった。

「こら、祈里ちゃん！　皇臥、ちゃんと止めてくれないと！」

錦の赤い頭を抱え込んでいる祈里を、脇の下を持ち上げるようにして引き離そうとすると、何の抵抗もなく錦を放してなすがままになる。

そのまま、芹に抱きあげられて微妙にご機嫌だ。

軽く揺するようにして抱き直すと、大人しく抱き着いてくるので、機嫌が悪いというわけではないらしい。

「あー……うん。そうだな。祈里、あまり伊周や錦を攻撃するのはどうかと思うぞ」

茶の間の際に佇《たたず》んだままの皇臥が、わざとらしい咳《せき》ばらいをしつつ微妙に棒読みで式神へと注意した。抱き上げられたままの祈里は、微妙に頬を膨らませて、ぷいと主から視線を背けている。

「まあ、祈里の塩対応はいつものことだからどうでもいいが」

「いいんだ」

「今回は、いい」

苦笑しながら、祈里を抱き上げたまま芹が茶の間に上がると、入れ替わるように皇臥が土間へと降りてぐんにゃりとしている錦を拾い上げた。先ほどまで赤い髪の少年の形をしていたはずの錦は、皇臥に拾い上げられるのに任せて、手の中に納まるシナモン文鳥へと変じている。

「………祈里が、俺と芹が近い距離にいて、攻撃してこなかったのは初めてだからな」

よしよし、とばかりに文鳥は背中を指で撫《な》でられ、少し安堵《あんど》したようで主の手の中で餅《もち》のようにふっくらと形を崩した。小さな式神を宥める皇臥の表情が、ひどく嬉《うれ》し気なことに気付き、芹はわずかに首を傾《かし》げた。

再び茶の間へと上がり込んできて、残されていた古いちゃぶ台へと錦を置くと、そこに座り直す。まだ少し皇臥の手の陰に隠れようとしながらも、シナモン文鳥は芹の右手に向けて威嚇のような姿勢になっていた。

錦にしてみれば、いきなり天井から攻撃されたようなものなのでたまったものではない。

「まあ、それで……より重要なほうへと話題を戻したいんだけど」

「そうだな」

なんだか奇妙な照れくささを誤魔化《ごまか》すように、芹は一つ咳払《せきばら》いをして皇臥の向かい側に座り直した。

頬杖《ほおづえ》をつくようにすると、右手のいつもの位置に絡まった白蛇が、一瞬、挨拶《あいさつ》のように細い舌先で芹の頬を擽《くすぐ》ってから、ブレスレットのように螺旋《らせん》になる。

「えーと……お義母《かあ》さんはものすごく怒ってたけど、いちお、皇臥はわたしの呪詛を止めようとしてくれてたんだよね？」

「ああ。ありえないことに、効かなかった。普段は、俺に向けられた術や呪詛なら、如月が避雷針になってくれるんだ。まあ基本的には、あいつが休眠していなければだが」

北御門家の十二天将と呼ばれる古い式神たちは、何体かは本邸で眠っているという。だから、現在九組の十二天将が存在しているというが、芹はすべてと顔を合わせたことがない。

たまに起き出してくる者もいるという話も聞いていたので、青竜の如月はその一人なのだろう。

「昨日、一旦《いったん》応急措置的に芹へと向けられた術や悪意を如月に受け止めさせるように処置した。危険や不調は、大概のことなら、受け止められるはずだったんだが……なぜか、芹はまだ不調のままだよな？」

「……えーと、うん。そうだね、悪い夢とか、眠りが浅いとか……風邪みたいな症状がずっと続いているってことが、不調なら確かに昨日と変わったような気はしないかな」

自身の身体《からだ》の調子を、客観的に判断しようとしばし考えこみ、何だか申し訳なくなりつつも芹は小さく頷《うなず》く。

「ぶっちゃけ、ありえん。如月が失敗するなんて」

「例外とかないの？」

「俺が知る限り、ない」

　自身の作成した式神に対する全幅の信頼と自信に、皇臥らしいとつい笑いたくなってしまった。

「もちろん、今回は応急措置として簡単な回避術をとらせただけだし、如月の性能を完全に芹向けに調整すれば、変わるのかもしれんが……」

「わたし向け？　そんなことできるんだ」

「繊細な調整が必要だから、少し時間がかかるな。あと……形代が芹用になる、ということはだ」

少し気まずそうに、言葉を切って皇臥は眉間《みけん》に皺《しわ》をよせた。

言いにくそうな様子に、先を促そうとした時、皇臥の手の中でふくふくと膨らんでいたシナモン文鳥が、首を一瞬だけ伸ばした。

「青竜が、芹そっくりになるってことだぞ。ちなみに、知っての通りあいつは他のやつにも見えるからな！」

「あ。微妙に抵抗を感じるとともに、興味が出た。友達に、生き別れの双子の姉妹って紹介したくなる」

「楽天的にも程がある！」

「あ。それ面白そー」

からりと襖《ふすま》が開いて、片手にポット、もう片方の手に盆に茶器を載せたスポーツウェア姿が気安く元茶の間へと入ってくる。盆には、黒亀も乗っている。

噂《うわさ》をすれば影ともいうが、青竜の如月である。相変わらず、若い姿の皇臥そっくりである。多少、表情が軽薄っぽいかもしれない。

「律が、祈里に攻撃されるかもっていうんで、代理を頼まれました。なんかやったの？」

盆をちゃぶ台の脇に置きながら、最後に問いかけたのは芹の右手に向けてだ。声をかけられた白蛇は、少しだけ顔を上げてまた同じ姿勢に戻っていく。

「人見知りというか、同僚見知りだなあ。護里の片割れはー」

はははと軽やかな笑い声を上げながら、手元は皇臥と芹へと茶を注いでくれている。ほっかりとした白い湯気を上げる茶を差し出された。

「いのりちゃんは、まじめ、なのですよ。きさらぎ」

芹の傍らでちんまりと手と足を甲羅にしまっている黒亀が、こちらも大真面目に同僚を諭している。

「――……いや、芹の許可が出たとしても、芹そっくりの如月というのは正直複雑すぎて、俺がひく」

「こっちの調整ですらさぼるものなあ。ご宗主は」

気付けば、如月はどっかりとちゃぶ台を囲む位置に座りこみ、のびのびと胡坐《あぐら》をかいている。

「同席を許した覚えはないぞ、如月」

「んでね。さっきの話の続きなんだけど、これ、芹ちゃんの髪を指に巻いて、臨時で芹ちゃんに向かう呪詛《じゅそ》、今はこっちが全部受け止めてんのね？」

少し厳しい皇臥の言葉をサクッとスルーした如月は、芹へと小指を見せつけた。黒い髪が巻かれたままだ。

「髪の毛って、持ち主と長い時間を過ごしてきて、その身のうちから生じたものだから、すごく霊的なアンテナの役割を果たしやすいわけ。だから、一本失敬して、こうして、呪詛をこっちに誘導しやすくなるんだけど……本当なら、この髪の持ち主にヤバ系の念を向けられれば、切れるはずだったのよ」

見せつけられている髪は、元気なまま、微妙に如月の小指を締め付けてハム状態にしているくらいだ。しっかりとしている。多分。

「……切れてないね」

「うん。実際切れるくらいの呪詛だったらヤバい。すげえ本格的なものってことだから。

じわじわとした緩く長ーくっていうやつなら、切れずに少しささくれる感じになるかな、そのまま悪影響はおれが受け止めてた。でもその様子はない。見ての通り、キューティクルぴかぴか」

如月の言動の軽やかさに、その隣に座っているそっくりそのまま成長した印象の皇臥の渋い顔と相まって、芹としては混乱しそうになる。そして同時に、皇臥の表情が百面相めいて見えて、脇腹がくすぐったい。

「うん。つまり芹ちゃんに呪詛がかかってるのは確実。なのに、十二天将の形代が受け止められないくらい、相手はすごく格上の術者、ご宗主としては超心配なわけ。そりゃ、取り乱すよね、自分のキャパシティ超えてるもん」

「そだなー。主《あるじ》、呪詛も超苦手だもんなー」

皇臥の手の中で、ぬくぬくとしていた文鳥が、少し気の抜けた口調で、如月の言葉を補完する。その口調が気に入らなかったのか、皇臥は軽く手に力を入れたらしく、「ぢゅんっ！」と小さな悲鳴のような音が重なったりもした。

「……鷹雄さんに、頼ったりしないの？」

一番気になっていた、手っ取り早いと思える解決法を、こそりと芹は皇臥へと囁《ささや》く。端麗な表情が、見る見る苦い方向へと変化していくのを間近で見て、思わず首を竦《すく》めたくなった。

ふと、史緒佳の「男は、面子《メンツ》の生き物」という言葉を思い出す。

「相談は、している」

答えはいささか不愛想な硬い口調で返ってきた。まあ、本調子ではなさそうなのだし、それはそれで仕方がないかと、数日前の『さばまるファンシーランド』から引きずり出してきた時の印象が最後である芹としては、納得するしかない。

史緒佳の怒る理由はわからないでもなかったが、皇臥も皇臥で、気が合わないらしい十二天将を起こしてまで、自分の身を案じて対策しようとしてくれていたのだしと、納得する要素しかないのだ。

「じゃあ、どうやってそのわたしにかかってる呪詛っていうのを解けばいいのかな」

「手っ取り早いのは……というか、一番いいのは芹に呪詛をかけた相手を見つけることだ。心当たりはあるか？」

真面目な表情で皇臥は芹へと問いかける。が。手の中には文鳥を包み、その隣で同じ顔をした若い皇臥が、甲羅に手足を仕舞った護里を転がしてコマのように回して遊んでいるのだから、緊張感がない。

笑いをこらえている芹に気づいたらしい皇臥が、軽く如月を手ではたいているが、手の中の文鳥はそのままなので、効果は薄い。

自分を、呪うほどに恨んでいる誰かがいる。

それは正直、気分のいいものではないし実際に健康被害が出ている。精神的にも落ち着いているとは言い難《にく》い。

それでも、自身に必要以上の恐怖心が芽生えずにすんでいるのは、こんな風に式神たちと皇臥が、芹を気落ちさせないからだろう。

ぼんくら陰陽師《おんみょうじ》のはずなのに、何となく、大丈夫なのではないかという、淡い安心感が芽生える。

――というのは、芹自身が必要以上に楽観的な性格だからなだけで、深刻に物事を受け止め真面目に考えたい人にとっては、頼りないことこの上ないかもしれない。

まあまあ、と同じ顔同士の喧嘩《けんか》を落ち着かせようと、手の仕草で止めている間も、脳内で芹は今までの生活を顧みる。

「体調が悪くなったのは最近だから……」

「ああ。いや、心当たりに関しての期間は長めにとったほうがいい。芹の呪詛はその手のプロが仕掛けた可能性が高い。いわゆる呪術師、呪い代行というやつだ」

「……プロ。そんなのあるの？　あ。……うーん、あってもおかしくはない、のか」

反射的に芹は問い返したが、陰陽師の大家があるのだ。そういう家もあるのだろう。

「芹ちゃん、十二天将の形代が何のためにあるのかっつーと……」

「あ、はい。そうだよね、如月君の役割があるってことは、北御門家の主人が呪われたりするからだよね。これ以上なく、納得」

指先で皿を回すようにくるくると護里を回している如月が、自分の存在を主張している様子に、二度ほど深く頷いた。

「たしか、ちょっと前に呪い合いで争ったこともあったハズだよね。ご宗主がまだ家継いでなくて、おれが生まれてなかったから知らないけど家系的に相当因縁が……」

「如月、ハウス」

皇臥が大型犬に命じるように、言葉を遮った。しかし如月は退席を命じられたにもかかわらず、その場で大の字にひっくり返る。腹の上に護里を置いて、じたばたとこれ見よがしに駄々っ子状態を演じて見せた。腹の上で、護里も仰向《あおむ》けで手足を出してじたばたしている。

「えー、やだー。久しぶりに起きてきたのに、ご宗主冷たいー」

「お前余計なことばっかり言うだろ！　ていうか俺の顔で駄々っ子するな、気持ち悪い！」

「ご宗主、おれ寝ちゃうと、これ、無効になっちゃうけど、いい？」

全然へこんだ様子のない悪戯《いたずら》っ子の表情で、如月は自分の小指を見せつけてくる。芹の黒髪の巻かれた小指だ。それを見て、皇臥も言葉に詰まったようだった。「ねえ、だめぇ？」というように、大型犬の如《ごと》く黒目がちにうるうると媚《こ》びるように見上げてくる。その様子に、芹も脇腹が捩《よじ》れる思いだった。

なにしろ、その仕草と表情の一つ一つ、皇臥へのおねだりアピールではなく、わざと芹に見せつけているのだ。

絶対に、北御門皇臥がしない行為の数々である。

普段とのギャップも相俟《ま》って——芹としては、面白い。

主人である皇臥自身も、それはわかっているのだろう。なんとか、如月をおもちゃ売り場で駄々をこねる子供のポーズから起こしてしゃんとさせようとしているが、脇下を持ち上げて引っ張っても完全に脱力しているスポーツウェア姿は、意識的にぐにゃぐにゃと軟体のようにとらえどころをなくしている。実際、完全脱力した人体は、扱いづらい。

「……ま、まあいいんじゃないかな、皇臥。折角起きてもらったのに、早速寝ろとか可哀想《かわいそう》だし。……面白いし」

「それ！　その最後のひとつがものすごく嫌なんだ！」

びしっと皇臥が芹を指さす。

なるほど、如月が眠りっぱなしでお呼びがかからないという理由の一端は、垣間見《かいまみ》えたような気がする。

「主、かっこつけだからなー」

「みえっぱり、です」

「錦、祈里、お前たち仲が悪いのになんで俺の悪口になると完全に同調するんだ」

主人に問いかけられた文鳥と白蛇が、そろって同じ方向にそっぽを向いた。

「もう、よろしおすか？」

緊張感のない一騒ぎを収めていたところに、ぼすぼすと廊下側の襖《ふすま》をノックのように叩《たた》く音が聞こえ、同時に史緒佳の声が滑り込んできた。無意識に、芹が正座で姿勢を正す。

一拍遅れて、10センチほど襖が開いて史緒佳とテンコが同じ角度で覗《のぞ》きこんできた。

「どうぞ、お義母《かあ》さん。お茶淹《い》れますね」

如月の持ってきた盆に残されていた、予備の茶碗《ちゃわん》とポットをいそいそと手にとる。

「それで、何処《どこ》まで話は進みましたの。芹さんの呪詛は、解く方向で話は進んでるんですやろ」

同じちゃぶ台を囲むようにして正座しながら、史緒佳が息子夫婦へと問いかけた。テンコも、史緒佳の斜め後ろあたりに同じように正座をしている。

離れのリビングではなく、本邸の元茶の間だった部屋で顔を突き合わせているというのは初めてで、芹はつい、お茶を淹れながら微妙な空気を醸し出す母子《おやこ》の様子と、周囲の式神たちを窺《うかが》った。

家具や小物などはほとんど残っていないし今となっては殺風景ながらんとした和室だが、離れが建てられる前、二年前まではこんな風に北御門家は過ごしていたのだろうと思うと、少し感慨深い。

「芹に、呪詛《じゅそ》られるほど深く恨まれているような相手に心当たりはないかと聞いていたところだ」

「なんやの、まったく進んでまへんやないか」

芹の淹れたお茶を受け取りながら、史緒佳は小さく肩をすくめた。

「それで、芹さん。心当たりはありますのん？　この際、逆恨みでもええですわ。というか、そういうののほうが拗《こじ》らせて恨みがましゅうになりますさかいな」

「……はあ」

改めて史緒佳にも訊《き》かれ、芹は困惑の表情で頬を掻《か》く。

「正直なところ、どんなことで恨まれるかはわかんないですけど……自分には、さっぱり心当たりないですね。誰かに嫌な思いとかだったら、タイムセールにギリギリで勝利した時の通りすがりの主婦さんとか、ゴミ出しの際に噂話《うわさばなし》の輪に入らなかったご近所の奥様層とか、ついつい調子にのってめちゃくちゃ値切った店のご主人とか思い当たりますけど、そういうみみっちい生活の競り合いの場で、呪われるほど恨まれたりします？　わたしなら、ノーなんですけど」

「……おまへんな」

「ないな」

北御門母子が、大真面目に首を縦に揺らしている。

史緒佳が宙を見ながら、指を一本立てた。

「大学関係ではどないです？」

「わたし、サークルとか入ってないんで、人間関係狭いんですよね。最近、廃墟好きのみなさんと仲いい感じくらいで」

「そこらへんはないだろ。むしろ、感謝されるはずだ」

「時々、面倒くさいこと持ってくるものね、あのサークル」

皇臥があっさりと却下し、芹もついこの間の廃遊園地での一件を思い出し、ふと互いに目があい生温かい目になってしまった。なのでこっそりと心の中で訂正しておく、少なくとも前回の件は彼らだけのせいとは言い切れない。

自身に原因があるかもしれないことだ、ゆえに芹も真剣に己の言動を、最近から遡《さかのぼ》るようにして思い返していく。思い返せば、あれこれ、ああいえばよかった、こういえばよかったという自分の小さな無神経さを思い出すことはあったが、生死に関わるような恨みを受けるような覚えはない。いや、自身がさらに無神経なだけなのか――と、眉間《みけん》に皺《しわ》が入りかけた瞬間、自身の大きな転換期を思い出す。

「あ」

小さく漏れた声に反応するように、皇臥と史緒佳がそろって視線を注いでくる。

「何があった？」

「なんぞ、ありましたん？」

「――……結婚、したよね、わたし。皇臥、女性関係どうだったの？」

ふと、思いついたので口にしたことだが、呪詛《じゅそ》をかけたいほどに恨みを持つような相手というのは、そこしか思い浮かばない。皇臥の顔が、強張《こわば》ったように見えた。

「電撃入籍だったと思うけど、皇臥、実は周囲の女性関係綺麗《きれい》に清算してなかったとかどう？　だったら十分に、恨まれる可能性はある！」

「謎解明でおすな。どないですの、佳希！」

「待て！　それはない！　そんな相手がいたら……」

続けようとした言葉が、皇臥の口の中で消えて、ぱくぱくともの言いたげに動くだけになる。反射的に言い返そうとして、史緒佳の存在を気にしたようで、ブレーキがかかったらしい。

そんな相手がいたら、芹に契約結婚など持ち掛けない。そう主張したかったのだろう。

それは、芹も納得できる。

「まあ、おじいちゃんとちごて、佳希にそんな甲斐性《かいしょう》があるわけはないですわな」

そして、実母である史緒佳も納得している。その様子に不承不承ながらも、顔色を変えかけた皇臥も、大きく息を吐いた。

「でも、皇臥に知れないように、陰からこっそりと見ていた子がいるかも……」

「ぼんくらでも陰陽師相手にか？」

守護の護里がぴょこりと如月の陰から顔を出している。ちゃぶ台でふっくらと丸くなっている、見鬼《けんき》の錦。そして、大抵の場合は常に傍らにいる白虎《びゃっこ》を思い出し、芹も無言でうなずいた。

「皇臥に知れずってのは、無理そう」

「無理でおす。むしろ想《おも》われたら気づかんうちに式神つこてストーカーまがいですえ。当時はそんな言葉ありまへんでしたけどな」

「今は呪詛相手よりも、お義母さんとお義父《とう》さんの恋バナが知りたい！」

「実の親のそういう話は聞きたくねえよ」

渋い表情で呟《つぶや》いた皇臥へと、「じゅんっ！」と鋭く文鳥が注意を促すように高く鳴いた。

「仲良し家族が話題を脱線させてんじゃねえ！　芹も、優先順位疎《おろそ》かにすんじゃねーよ！　史緒佳の恋バナなんて呪詛取っ払ってからいくらでも聞けるだろうがよ！」

「ご、ごめん。錦くん」

ついつい、現実逃避気味に話題を脱線させてしまうことに気付き、芹は小さく卓上の文鳥に向けて頭を下げた。

「まあ、自分を恨む相手の心当たりなんぞ、あまり突き詰めて考えたくないもんだろう。それに、えてして自覚がない場合は、相手の一方的な感情になることが多い、片思いと一緒だ」

「なんで、片思いなの？　恨みと一緒とか……なんかヤダ」

「片恋ってのは、伝えられなきゃ本人が何でその人に好きになられる要素や機会があったのかわからないままに発生するものだろ。芹にしてみれば、自分に片思いしてる相手を思い出せと言われてるようなものだから、思い当たらないのは当然と言えば当然だ」

「なるほど、そう言われれば感情のベクトルの色合いが違うだけで、似てるのかもね」

皇臥の言葉に納得する芹に、史緒佳も微妙に同意をしている。表情がどこか懐かしげだ。

「そういうたら女子も、思春期には片思いの相手におまじないかけたりしますもんなあ。両思いとかのおまじないを特集した雑誌とかありましたえ」

「あー、今でも時々見ますよ！」

「女子トークやめー！」

また一声高く、錦が会話をぶった切る。話題がずれそうになるたびに修正してくれる朱《す》雀《ざく》の頭を指で軽く撫《な》でながら、その主《あるじ》は苦笑しつつ頷《うなず》く。

「つまり、いくらがんばって心当たりを思い返そうとしても、芹が思い当たらなきゃ無駄だってことだ」

「せやけど、鬱屈《うっくつ》した感情は大抵どこかに欠片《かけら》を零《こぼ》してるもんですわ。ストーカーは、そのまま黙ってりゃええのに、対象に『見てる』って痕跡《こんせき》を残したりしますさかいに」

微妙に実感の籠《こも》ったように聞こえる史緒佳の言葉に、やはり色々と女子トークを仕掛けたくなったが、さすがに錦に諌《いさ》められたばかりということもあって、自制した。最近、懐こうとするたびに史緒佳に逃げられがちで、こうしてゆっくりと話をしてもらえるのは、芹としては地味に嬉《うれ》しい。

「でも、わたし、そういう思い当たるようなことは何も……」

「芹さんやのうて。恨みが原因の場合は、自分の恨みが正当であることを周囲に漏らして同意が欲しいもんですやろ。近しい相手に、屈託を愚痴ってる可能性が大きいですわ。でも、その漏らされた相手が芹さんによほど近しいか、好感情を持ってない限り、芹さんにわざわざ教えてくれることはないですやろ」

「まあ、人間関係に波風立てに行こうとは思わないですよね、よほどの危機感がない限りは口噤《つぐ》んでるかも」

史緒佳の言葉に、ぎこちなく芹は納得する。芹が、一番恨みに近いような感情でぼんやりと思いついたのは三枝大典《さえぐさだいすけ》だったが――。

「三枝大典は、隣の県の知り合いの寺に預けているし、信用できる相手の監視がついている。呪詛なんてアクティブな行動もできないはずだし、今は大人しく下働きもこなしてるそうだ」

「……顔に出てた？」

皇臥のさりげない言葉に、顔に出ていたかと恥ずかしくなった。うっすらと赤くなった正直な頬を自分で軽く抓《つね》っておく。

「ちょっとな」

「でも、さっきも言ったけど……わたし本当に人間関係狭いんだよ。学校、下宿のほかは、あとはバイトくらいのものだったし。親戚《しんせき》関係を疑いたくはないから、一応言っておくと、うちの両親の遺《のこ》した生命保険とかも、ちゃんと代理管理人さんが管理してくれて、わたしの養育とか進学とかで使われてるの。学校卒業したら、残りを受け取る予定だけど、それまでにもしわたしに何かあったら……あ」

今は疎遠ではあるものの、芹は親戚には世話になったと思っている。自分の思い当たることはすべて洗い出しておきたいと思ったがゆえに口に出してみた財産関係だが、ふと、言葉が途切れた。

「一応、わたしを養ってくれた期間ごとに均等に分けてってお願いしてたけど……今は、結婚したから、全部配偶者にいくんだよね」

「つまり、犯人は佳希。何と財産目当て」

「二人とも、それだけはないって、わかってて言ってるだろう！」

ちゃぶ台に叩《たた》きつけこそしないものの、皇臥が拳《こぶし》を握った様子に芹も苦笑いする。宥《なだ》めるように、錦がその握った拳をくちばしでつつきに行き、その手の中に握られようとしている。多分、本鳥《ほんにん》としては、宥めているつもりだろう。芹は素直に頭を下げる仕草をして、片手を上げげた。

「ごめん、わかってる。でも本気で考えた心当たりがそんな感じ」

「まあ、話をまとめますと……芹さんの人間関係は、大学、下宿、バイト、親戚にわけられるわけですな。そういうたら、バイトって、何してましたの？　うち来てから、学校以外に家出てた様子はありまへんでしたけど」

ふと、思い出したように史緒佳が首を傾《かし》げた。その言葉に、皇臥も思い出したようにふと懐かしそうに目を細めている。

「そういえば、バイトを首になったって聞いたな」

「うん。わりと待遇のいいハーブショップのバイトだったんだけど、ちょっと失敗しちゃってね。あのクビがなかったら、皇臥と結婚してたかわかんないな」

芹としても少し懐かしい。そして、申し訳ない。そんなことを思い出していると、右手首にいた祈里が、するする手を伝うようにして畳に落ち、そのままほんの数センチ開いていた襖《ふすま》から出ていった。その様子を、何となく皇臥が目で追っている。

「ハーブショップか……とりあえず、お礼参りとして贔屓《ひいき》にしておこう、あとで場所教えてくれ。ちなみに、この場合は80年代の卒業式的世界観のお礼参りではなく、本当に助かったクビにしてくれてありがとうという意味だ」

「なんかものすごく複雑。クビになった時には、それなりに傷ついたし」

無意識に唇を尖《とが》らせて、やや拗《す》ねるような口調になってしまった。

かつてのバイト先でクビを言い渡された直後に、アパートが火災に遭ったのだ。当時の雪だるま式不幸の開始の雪玉といってもいい。

とはいえ、その一連の不幸がなければ今、こうして北御門家に居なかっただろうしと思えば、結果は悪くないどころか上々だろう。時折、考えたくはなるが。

「白川通《しらかわどお》りから一本外れた、ハーブショップ&カフェだけど、雰囲気は良かったし友達もよく来てくれたんだけどな……」

「一応、嫁が世話になった場所だ、商品購入もやぶさかではない。ちなみに陰陽道《おんみょうどう》とハーブは必ずしも無関係じゃないぞ。東洋医術は五行思想が源流だし、それを整える漢方にはハーブに通じるものがなくもないからな」

皇臥が講釈を垂れ流そうとしたところに、また手の中に納まっていた錦が、その手の皮の薄い部分を狙ってつつき始めたせいで、ぼんくら陰陽師《おんみょうじ》は文鳥を取り落しそうになる。

「待て、今のは脱線してない。バイトの話は俺も初めて聞く、大学と下宿以外で、芹が他の人間関係を築いていたって話だ。そこをクビになる……ってことは、よほどの失敗をしたってことだよな。それで、人間関係がこじれたとかは？」

錦を宥めすかしながら、思いがけなく真面目な様子で踏み込んでくる皇臥にたじろぎつつも、芹は宙を見て眉間《みけん》に皺を寄せた。

「クビうんぬんは、普通わたしのほうが遺恨を残すんじゃない？　店長もぐわーって怒ったけど……どうだろ、それで呪詛《じゅそ》まで行くと……」

「まあ、普通は解雇で手打ちですやろなあ……下世話ですけど、お給料のほうはちゃんと解雇まで入ってましたの？」

「あ、振り込まれてました。その月働いた日数よりも多いくらい。火事の後だったので、正直ありがたかったですよ」

「タチの悪いところなら、バックレられる可能性もあることを考えると良心的か？」

「まあ、よろし」

ふと、史緒佳が淹《い》れられたお茶を飲み干して、湯呑《ゆのみ》を置くと、立ち上がる。

「一気に、調べられるわけやおへんから、芹さんの周囲ちょっと調べてみましょか」

「え？」

「北御門の嫁に呪詛吹っ掛けてくるような慮外もんに、そのまま好き放題させておく気ですか？」

立ち上がった史緒佳は、瞬《まばた》きしながら見上げる芹から、つんと顔を背けた。

同じように立ち上がったテンコが、逆ににこにこと機嫌よく芹を見ている。

「……えーと、わたし、嫁でいいんですか？」

「阿呆《あほう》ちゃいますの！　ええとか悪いとかやのうて、籍入ってますやないの！　うちの感情でどうにかなるもんやおまへんやろ！　とにかく北御門の看板に唾吐いた輩《やから》には、相応の呪詛返しが待ってると身をもって教えたりなはれ佳希！」

おそるおそると問いかけた芹に、史緒佳は噴火するような勢いでまくしたてた。その言葉の後半は、息子に向けてのようで、芹は視線から外れていたが、それを受け止めていた皇臥が、やや肩身狭そうに、しかし頷いたのが芹の視界の隅で垣間見《かいまみ》えた。

「……お義母《かあ》さん、すごくヤル気になってるように見える」

北御門家本邸の茶の間から、土間の台所を抜けて、離れへと戻っていく史緒佳の背中を見送りながら、芹は小さく呟《つぶや》いた。

「芹、口許《くちもと》が緩んでるぞ」

「自覚してるー」

何となく、嬉しくて微妙に笑う形になってしまう口角を自分の手で隠していたが、契約旦那《だんな》にはバレバレだったらしい。それを誤魔化《ごまか》すために、遠ざかる史緒佳とテンコの背を指さし。

「調べるっていってたけど、お義母さんそういうことできるの？　むしろ、わたしのこと調べるなら、自分で薙子さんに連絡取っちゃおうかなって思ったよ」

「薙姉《なぎねえ》のやり方は、北御門から学んだって、前に言ってたろ。まあ、今は弟子が少なくなってるから同じやり方はできんが」

かつて、北御門家に依頼があった折には、多少人を使って下調べをしておくというのは珍しくなかったらしい。

「それでも、まああの人は顔が広いから、色々と付き合いがある。そのおかげで、噂話《うわさばなし》を拾っては仕事のとっかかりになったりもしてくれてる……って話も前にしたよな」

「うん。でもそれで、わたしに関する噂もお義母さんに拾われちゃうのかなあって思うと、ちょっと複雑というか怖いというか。それはともかく、大家だっていう癖に意外と地道なんだね北御門家」

「時折、どーしようもない当主が爆誕しちまうからしょうがない」

「待って、それって皇臥だけのことじゃないの？　もしかして」

やや空虚にも聞こえる笑い声を古い茶の間に響かせていたところに、ぽすぽすと少し遠慮がちな襖のノックが響く。振り返ると、八城真咲が小さく手を振っている。

「すいません師匠。オレ、ちょいと出かけてきます」

「出かける？　学校じゃなくて？」

少し意外な申し出に、芹は目を瞠《みは》った。八城自身も少しばかり渋い顔で、金に色を抜いた頭を掻《か》いている。意識的にか声を低め。

「……おつかいっす。鷹雄光弦《こうげん》の」

「拒んどけ。許す」

秒を置かない指示に、皇臥の鷹雄への当たりの強さを感じて芹はつい生温かい表情になる。八城も表情と態度をどう作ったものかと迷うような複雑な顔になっていた。

「ぶっちゃけそうしたいところっすけど、まあ、なんというか……あの人の作った形代っていう身代わりがまだ一個残ってるっていうんで」

「……形代……『さばまるファンシーランド』に戻るのか」

何のことかとほんの数瞬考えこんだ皇臥は、すぐに思い当たったように問いかける。

「うす。テンコちゃんに近づけなきゃ、まだ辛《かろ》うじて使えるだろって」

「あのくそ野郎、本当に無駄に有能でむかつくなありがとう！」

「そういうの、本人に聞こえるとこで言ってください。その形代についても、あの人オレに直接言わずに独り言状態でしたよ。……似てるっすね」

八城の指摘に、皇臥は無言で柱に額をごりごりとこすりつけるような妙な行動に走っている。その様子を横目に、芹も少し小さくなる。

「それって、わたしのせいでしょ。なんか、申し訳ないな。八城くん、今日学校休みになっちゃうでしょ？」

「まあ、しゃーなしです。つか、芹先輩のためではあるけど、せいではないっすよ。オレだって、芹先輩が呪詛《じゅそ》られてるとか、気に食わないですし。師匠が情緒不安定だし痛っ！」

余計な告げ口をしかけた弟子が、こっそり師に膝裏《ひざうら》を蹴《け》られて小さく声を上げた。

「いや、それはともかく。あの人の車もあの遊園地に置きっぱでしょ。キー預かってきたんで、それもこっちに回してくるつもりっすよ。あと財布とかパソとかも持って帰れてないし、置いてきた上着にスマホ入れっぱとか、USBのメモリに書きかけの原稿入ったままとか言ってたんで」

「財布は……辛《つら》いな」

「現金よりも中に入ってるカード類とか免許証がね」

渋い顔ではあるが皇臥が頷《うなず》き、芹も一緒にシンクロした。

『さばまるファンシーランド』ではそんなことに気を払って引っ張ってこられる状況ではなかったが、今になると地味にダメージが来るだろう。

「つわけで、ちと行ってきます。今日はガッコまで送れないっす芹先輩」

「車とか……お前、自分の車乗って行ったら、貴緒の車乗って帰れないだろ。電車でも使うのか？　ちゃんとアシ代請求しとけよ」

「大丈夫っす。念のため、本間《ほんま》先輩が一緒に来てくれるんで。あそこ廃墟《はいきょ》っすからね、また入るのに慣れてる先輩がいてくれたほうがありがたいす。あと、どこぞかの管理事務所に鍵《かぎ》返しに行くとか言ってましたし」

一礼して、踵《きびす》を返そうとする八城の分厚い背中を見送る直前、皇臥が思い出したように声を上げた。

「真咲、今日はその遠出、伊周じゃなく珠《たま》を連れて行け。一応」

「え？　あ、はあ。いいんすか？」

「別に、契約を切るわけじゃない。如月を動かしてる間中、珠が不機嫌でな。いささか鬱《うっ》陶《とう》しい」

振り返って怪訝《けげん》な表情をした八城が、曖昧《あいまい》に頷く。かまわない、とばかりに手を振る皇臥を芹が不思議そうにのぞき込んだ。

「珍しいね」

「真咲に言ったのは嘘《うそ》じゃない。珠がぶすくれていてうざい。あと、うちの問題児の監視に慣れてるのは伊周だから、家に置いておきたい。あいつと伊周はもともとガキの頃には契約してたからな。あとは……そろそろ役目を戻してもいい頃合いだってのもある」

問題児というのは、言わずと知れた次男坊のことだろう。

もともとは先代先々代の当主の時代でも、珠と皇臥が契約していたように、北御門貴緒と契約していた式神が伊周だったようだ。

役目の意味に首を傾《かし》げていると、それに気づいた皇臥が軽やかに笑った。へこんだ様子が払拭《ふっしょく》されていて、芹は密《ひそ》かに胸を撫《な》で下ろす。何となく、多少胡散臭《うさんくさ》いくらい笑ってくれているのが、嬉《うれ》しい。

皇臥の頭の上の定位置にふっくらと座った錦が、ぴん、とすんなりとした色濃い尾羽を立てている。

「もともとは、珠は北御門の門番じゃなかったってことだ。当主の護衛が門番とか、人手不足にも程があるだろ？　北御門家の正門は……前任に先代朱雀《すざく》が座ってた。そろそろ、錦に引き継いでもいい頃合いだ」

「珠は珠で、あそこの陽当《ひあ》たりの良さと見晴らしをお気に入りみたいだけどね」

北御門家に帰ってくるたびに、最初に見えるのは腕木門の瓦《かわら》屋根でくつろぐ白い虎のお迎えだ。

すでに芹にとっては象徴的存在だけに、それがシナモン文鳥に代わると思うと寂しいような心もとないような違和感がじんわりと湧き上がるのだが、それは錦に対して失礼だろう。頭上の文鳥に気付かれないように、視線を逸《そ》らしておいた。

「見鬼が門番なら、妖《あや》しいものもなかなか入れない。多少、感度が良すぎるきらいはあるが、そこは経験を積んでもらうしかないな。あと、問題としては……一気に門前がかわいくなる。うむ、そうだな。もうちょっと迫力のある鳥にしておくのもよかったと、初めて後悔したな」

「おせーわ！　遅すぎるわ！」

黒髪のつむじを相変わらずくちばしで容赦なくつつく文鳥とその主《あるじ》の様子を見上げて、芹は小さく笑った。

カサ。

にぎやかなやり取りの隙を縫うように、落ち葉を踏むような足音が芹の鼓膜を揺らす。

真後ろに、誰かがいるような——いや、そんなはずがないのだ。

目の前には皇臥がいる。その頭の上には、一際敏感な式神である錦がいる。その二人には何の異常もない。

ふいに、芹の身に着けたジャージの背中を鷲摑《わしづか》みにするような感覚。愛用のジャージの下のTシャツまで摑《つか》まれ、布地に擦れるなまなましい五指を感じる。

横目に視界を広げて、後ろを確認しようとしても、何も映らない。

足元がおぼつかないような感覚に陥って、芹は思わず皇臥のシャツの袖《そで》をつかんだ。

「芹？　どうした、顔色が……」

「あのね。あの、皇臥、笑わないでね」

訴える声が掠《かす》れていた。

「後ろに……誰かいる。服、摑んでる……！」

――……ミィツケ、タ……。

狼狽《うろた》える自分をみっともないという思いは一片心を過《よぎ》ったが、しかしそれを誤魔化す余裕はなかった。懸命に、皇臥の服を摑んだ。後ろから摑んでくるモノに、引きずりこまれるのを恐れるように。

夢の中で聞いた声に、心臓が冷たく強張《こわば》る。

「やだ……！」

「錦！」

「いねえよ！　主！」

皇臥の鋭い声に応《こた》える朱雀の式神が、それに負けず劣らずの焦りを含んだ声で言い返す。納まっていた頭頂から飛び出した文鳥は、着地と同時に活動的な赤毛の少年姿へと変貌《へんぼう》している。

「ずっと見てる！　でも、何もいねえ！　芹には、誰も憑《つ》いてねえんだよ！」

「嘘！　だって……」

息遣いが、耳元にまで生温かく感じられる。

苦しげな、喘鳴《ぜんめい》のように時折途切れそうな、か細いような呼吸音。耳朶《じだ》の産毛《うぶげ》を揺らすような存在感が消えない、たった今も生々しく背後にあるというのに。


お前の、セィ……


「せりさま！」

ぎゅう、と背中に……というよりも、腰にしがみつかれる感覚があった。護里だ。

それでも、幼女のしがみつく存在感が背中を掴む手触りを紛らせてくれた。

同時に何かが、肩にぽとりと落ちて、それがしゅるりと首に巻き付くような感覚も覚えた。その確かな肌触りが、耳に触れる不快感を消してくれる。先ほど、部屋から出ていった祈里だが、近くには潜んでいたらしい。天井か欄間のどこからか、落ちてきたようだ。しゅう、と鎌首をもたげて威嚇の息を吐く小さな蛇の頼もしさに、身体《からだ》の震えが少しだけ収まる。

「……皇臥、ごめん。ほんと、なんか……ヤバいかも。こんなはっきりと生々しいの、初めて」

自身の語彙《ごい》が消滅しつつあるのを感じていたが、端的に己の状況を説明しようとするのも単純な単語になってしまう。

「いや。気にするな、今日は学校は休め」

まだ新年度が始まったばかり、授業の取得申請の提出期限にはまだ間があったが、皇臥の言葉に不承不承ではあるが納得するしかない。

「は、花嫁さんご一行は、走って逃げたり、祈里ちゃんと護里ちゃんが何とかしてくれるっていう謎の安心感とかあったけど……なんか、目隠ししてる中で不意打ちで殴られてる気分……昨日まではこんなのなかったのに」

腰に護里、首筋に祈里。背中に錦。そして正面に皇臥がいるのに、不安感が去らない。手足の節々に痛みのような軋《きし》みが生じる。自身の呼吸がほのかに熱い。

芹の顔色を見てだろう、皇臥が無言で芹の額に手を置く。

長い指で前髪を掻《か》き分けて、手のひらを押し当てられた。ひんやりとした心地に、少しだけほっとする。

「ねえ、皇臥。これ、お医者で何とかなるかなあ……わたし、わりと風邪を風邪って自覚するまで、根性入れて耐えるタイプなんだけど……」

「そうだな。端的に言うと……耐えるな、寝ろ。そして、多分だが今回は寝ていても楽にはならんが、俺が安心する」

「皇臥のそういうとこ、けっこう好き」

医者に行けと言われなかったことに、芹は作り笑いでも愛想笑いでもなく、笑ってしまう。冗談ではないのだろうと察したらしい皇臥も、少しほろ苦いような笑みを浮かべる。

「でも寝ててよくならないなら、しっかりと動きたい」

「そうだな。そういう芹の無駄にパワー系なところを、俺も好」

「皇臥、やっぱりわたし、知らないうちに何かやらかしてたみたい。……『お前のせい』ってオトコの人の声で、言われた。夢の中でも、同じように言われたし」

声の震えを押し隠すために、二度三度深呼吸をしてから、芹は気になっていたことを言葉にする。皇臥の言葉を途中でぶった切ったような形になったが、半ば思考のほうに気を取られていたので、気付かなかった。

式神たちが、なぜか主に対して物悲しいものを見る目を向けてくることに、当主であるはずの青年が遠い目になっている。

「でも、男の人との関わりって、わたしめちゃくちゃ狭いんだよね……同級生方面とか、顔と名前が一致しない人とかざらだし、それで不自由ないし」

「俺だって大学時代はそんなもんだった。芹の、顔の広い友人代表は？　そこから、芹が何かやらかしてたなら、噂《うわさ》くらいは拾ってる可能性がある。ダメもとでも話を聞いてみるのは悪くない」

皇臥の問いに、芹は少し考えて自身のジャージの胸あたりの布地を軽く引っ張った。『真田愛由花《さなだあゆか》』の縫い取りのある、高校指定ジャージだ。半年前の火事でアパートを焼け出された際に、親友が部屋着にと取り急ぎ譲ってくれたものだ。丈夫で洗濯しやすく、着心地もいいのでついつい愛用している。

「多分一番広いのはあゆちゃんかな。三つもサークルとか部活を掛け持ちしてるし、ボランティアもしてるから。割のいいバイトとかも紹介してくれるよ」

芹の胸元についた名前を見て、少し考え皇臥も納得したように頷《うなず》いた。一度、芹の結婚祝いという名の飲み会につれ出され、挨拶《あいさつ》に顔を合わせたことがある。

「髪の短い、背の高い子だったか」

「うん。あとは……本間さんだけど、わたしのことで何か聞いたら絶対に口噤《つぐ》んでるということはなさそうな気がする。根拠はないけど、八城くんには注意してくれると思う」

のほほんとしているが意外と行動範囲の広い先輩を思い出して、首を横に振った。それに、彼は今八城に付き合ってくれているはずだ。

「……ホント、なにやらかしたんだろ、わたし」

芹は自分の手の甲で額を触り、伝わる少し熱い感覚に眉《まゆ》を顰《ひそ》めた。

玄武たちが、ぎゅっとしがみついてくる。芹に、何か起きているのはわかっているのにどうしていいのかわからないのだろう、幼い表情はもどかしそうで悔しそうでもあり、芹のほうが申し訳ない気分になる。

護里を柔らかく抱きしめ返しながらも、カサリ、と近い位置で存在するはずのない落ち葉を踏む音が耳についた。

頭を振って、その音を懸命に振り払う。

スマホのアプリで、愛由花のIDにメッセージを送り、彼女の今日の予定をお伺いし、時間が取れないかを確認しておいた。しばらく画面を見ていたが、既読にならないので移動中なのかもしれない。

「学校休むはずなのに、友達とはお茶したいとか……なんかすごい罪悪感」

「慣れろ慣れろ」

「悪のささやきをするな」

一緒にスマホの画面を覗《のぞ》きこんでいた皇臥の囁《ささや》きを封じるように、スマホの背を皇臥の口許《くちもと》に押し付けた。その瞬間に、軽やかな電子音が響く。

アプリからメッセージが来たようだ。

愛由花からの返信かと思ったが、椋本希子《くすもときこ》からのメッセージだ。

どこかで待ち合わせないかと、芹だけでなく夏織《かおり》と愛由花にも宛てたグループメッセージに送っている。

夏織と愛由花の既読はまだつかない。

「キコさん、わたしよりは……顔広いかなあ。火事の時、寄付とか募ってくれたらしいし、目端が利くから何かわたしの気づかないこと、見ててくれてるかも」

愛由花はぎりぎりまで寝ているのかもしれない。愛由花が多分、一番芹の周囲のことを知っているだろうが、もう一人の友人にも話を聞いてみたほうがいいかもしれない。

「昨日、芹のスマホを持ってきてくれた子だな。……どうせ、芹は寝ている気はないんだろう。少し、探偵の真似事《まねごと》でもしてみるか？」

「友達に、自分のやらかしを聞き込み？　……微妙に自分探しみたいなやりきれなさがあるなあ」

冗談を交えながらも背を支えるような皇臥の促しに、芹は曖昧《あいまい》に頷く。心配げな表情のままなのに、背中を押してくれる感覚に、負けるものかと前向きな意思が芽生えるようだ。

「皇臥、付き合ってくれる？」

「この状況で、俺が付き合わないと思ってたのか？　それは心外だぞ」

心の底から、意外そうに皇臥が目を見開き、不満そうに鼻を鳴らした。

第四章　情念と執念と怨念と

1

「……体調ってさ、悪いって自覚すると余計につらくなるよね」

北御門《きたみかど》家の軽自動車に乗り込んで、芹《せり》は深く息を吐きながらぼやいた。

狭くて少し硬い座席だが、妙に馴染《なじ》んで安心する。

先日、高倉《たかくら》家の高級なシートに沈んだ覚えがあるが、居心地はいいが安心はできなかった。それを思い出すと貧乏性だなと、こんな時なのにくすぐったいような気持ちになった。

「意味が分からん。自覚したらとっとと休め、動こうとするな」

車を発進させながら、皇臥《こうが》がボヤく。その少し不機嫌そうに見える横顔にも少しだけ安心する。

「静かにしてると、カサッて落ち葉踏むみたいな音がするから……ごめん、なんか適当に話させて」

「ま、まもり、うたいまーす！」

後ろのシートに大人しく座っていたはずの振袖《ふりそで》姿の幼女が、びしっと手を挙げて、有名な童謡を歌い出している。時折音を外しているのがご愛敬《あいきょう》だが、音を外しているというよりもその外した音で覚えてしまっているようだ。

静かになることを芹が恐れていると判断したのだろう、童謡を歌い終えるとふた昔前くらいのJ-POPというよりはいわゆる歌謡曲と呼称するのがふさわしい、懐かしい曲を歌いはじめている。

「いのりちゃんも！　いのりちゃんも、うたうのです！」

護里《まもり》の隣に大人しく座っていた祈里《いのり》が、視線をそらしつつ、じわりと額に汗をかく。しっかりと振袖を握りしめられて肩を揺さぶられても、視線はあらぬ方を見ているままだ。

「ごめん、護里ちゃん勘弁してあげて。わたし、ずっと歌とか音楽を愉《たの》しむような趣味から遠かったから」

きっとそばにいる祈里も、そういったものを嗜《たしな》む機会も少なかっただろう。そのせいで、カラオケで歌うのもちょっと苦手だ。祈里も同じような状態なのだろう、芹の助け舟にややホッとしたように首を激しくヘッドバンギング状に揺らしている。

「……落ち葉の音か……」

車を走らせながら、皇臥が眉間《みけん》に皺《しわ》を刻む。

「北御門家、山に近いから、一回気になるとどうしても神経質に耳についちゃうみたいでさ。幻聴というか……」

「いや。春なのに、落ち葉っていうのはちょっと奇妙だと思ってな。そういう呪詛《じゅそ》の際の幻聴幻視には、術者にとって象徴的なものが含まれることも多い」

「確かに、花嫁衣裳《いしょう》の時なんかもろに、それを着る人たちが出てきたりしたもんね。とはいえ、落ち葉の音とかわりとどこでもしない？　……あー、でも家の中でも聞こえたってこと、考えると……」

一度気にしてしまったから、ずっとカサコソとした落ち葉のような音ばかり意識してしまうのではないかとも、芹には思える。その考えこむ横顔へとちらりと視線を動かした皇臥が、かすかに言葉の端に含み笑いを混ぜた。

「芹の、いきなりオカルトに飛びつかず、冷静に判断しようとする姿勢はじつに好ましい。が、そのぶん下手な気休めで気を楽にできないのがなあ」

「あ、どうぞどうぞ、気休め受け付け中」

「俺は割と口の回るほうだと自負しているが、そういうどんとこいの姿勢は、本当にやりづらい！」

後部座席では「あるじさま、せりさまのきをらくにするのです！」「……とっとと、どんといくです」と、玄武《げんぶ》たちまで応援していてさらにやり辛《づら》さが増している。

皇臥の渋面や、玄武の双子たちの無邪気な様子を声を出さないように笑いながら見ていると、芹は言葉での気休め以上に心が休まるのを感じる。

とはいえ、身体《からだ》の節々がしくしくと軋《きし》むような熱の症状は心地いいとは正反対の感覚で、会話が途切れると深く息を吐きながらシートへと身を凭《もた》れ掛けさせた。皇臥が、後部座席から自身の上着を摑《つか》んで引き寄せ、芹に毛布のようにかける。

「ヘタレの旦那《だんな》は、今回うまく気を楽にしてやれないから、せめて今はゆっくり気を抜いておけ」

「……うまく言ったつもりっぽいのが、なんかむかつく」

「悪かったな！」

皇臥の言葉に甘え、120度ぐらいにシートを倒して上着を布団代わりに目を閉じると、ほんの少しだけ上着にも染みついた香の香りを感じる。

そういえば、以前に連れ出された飲み会の際の雑談交じりに男子から、すれちがいざまに女性から香るさりげないシャンプーの香りでときめくという与太話を聞きかじったことがあった。その気持ちが、なんとなくわかるような気がする。

スマホのメッセージを確認すると、希子《きこ》が芹に待ち合わせの場所を指定してくれていた。

了解代わりの絵文字を送るが、夏織《かおり》と愛由花《あゆか》はまだメッセージが既読になっていない。どちらも、わりと自由人なので芹としてはあまり気にしていなかったが、体調のこともあってやや気がせく。

直《じか》に伝言を送ろうかとしばし考えていたところで、スマホが着信に震えた。

相手を確認すると、史緒佳《しおか》だ。

「はい、芹です」

『もしもし、史緒佳でおすけど』

史緒佳の声は、通話の際には、少しだけ余所《よそ》行き風の気取った感じになっている。北御門家の仕事を受ける際の癖もあるのか、家電《いえでん》を取る時には史緒佳の声のトーンは常に一段階控えめに抑えられている。

『移動中ですさかい、手短に。芹さんのバイト先、なんていいましたか？　ちょっと行ってみますわ、白川通《しらかわどお》りに近いカフェでしたな』

「あ。住所……えーと大体しか覚えてないんですよね。確認して、メッセージしましょうか？」

『店名が分かったら、検索しますさかいよろし。調べてホンマにわかりまへんかったら、よろしゅうに』

なるほど。と芹は微妙に史緒佳をお年寄り扱いしかけていたことに反省する。

「ハーブショップ&カフェ、『グリーンサマンサ』です」

『おおきに』

それであっさり通話は切れた。芹から返答を待つ気配もない。

「お義母《かあ》さん、もうちょっとお話ししましょうよう……」

芹がシートでぐねぐねと駄々っ子になっていると、それを横目で見ていた皇臥が苦笑している。

「目を閉じて寝てろ。体調が悪いときに、人恋しいのはわかるが」

「寝て夢見たら、怖いから」

何気なく返した言葉に、皇臥の横顔が僅《わず》かにひきつったのを芹は見ていた。本当に、何気なく正直な本音を言っただけだったのだが、皇臥のほうが自分の軽口に罪悪感を抱いたようだ。

「そんな顔しないでよ。別に、皇臥が悪いわけじゃないんだし」

「いや、意外と芹が元気そうだから、つい無神経だった。呪詛の行きつく先はわかってたのに」

「せ」

繊細だなあ、と口にしかけて。芹は自身も無神経なことを口にしかけているかもしれないと呑《の》み込んだ。皇臥が、呪詛という存在にセンシティブなことは、知っているのだから。

「せ？」

「先輩。本間《ほんま》先輩が、八城《やしろ》くんと一緒に『さばまるファンシーランド』に行ってくれてるけど、大丈夫かな」

慌てて、話題を捻《ね》じ曲げた。

「大丈夫だろう。あの人のある種のダメな当たりくじを引く才能には目を見張るものがあるが、今は呪詛も霧散してる。はず。今は普通に廃墟《はいきょ》に気を付けてくれというくらいだ」

「ダメというか……葦追《よしおい》の時は、ご親戚《しんせき》の遺産関係だったし。花嫁衣装は持ち込まれた商品だし。遊園地の時には、鷹雄《たかお》さんの作品の聖地ってことで、それ目的にしたらタイミングが悪かったというか」

悪かったのか、もしかしてよかったのではないだろうかと首を傾《かし》げつつも、一応芹としてはお得意様を庇《かば》っておくことにした。

「――……そうなんだよな。偶然のはず、なんだ。……あ。いや」

北御門皇臥は、ハンドルを握ったまま無言になってしまった。

芹はその硬い横顔に、彼の思考を追いかけようとして、鈍い頭痛にそれを諦《あきら》める。

やがて指定のファーストフード店に近い場所で芹を先に車から降ろすと、皇臥はパーキングを探しに行く。手の仕草で「先に行ってろ」「行ってる」と意思疎通すると、芹は大学近くの見慣れた風景を歩き出す。

信号斜め向かいの店は、芹も友人たちと駄弁《だべ》る定番の場所のひとつだ。

何しろ、ドリンクが安いのが嬉《うれ》しい。

左で手を繋《つな》いでついてくる護里は、いつもと変わらないはずなのに、少し手の力が強い。それを不思議に思い、目線を下げると護里はじっと芹を見上げている。

「まもりがいます。いのりちゃんも、います。だから、主さま、いなくてもだいじょぶ、です」

その言葉に応《こた》えるように、右手首に巻き付いた白蛇の締め付けが、僅かに強まった。

「うん。いつも、ありがと」

そう労《ねぎら》いの言葉をかけると、護里は嬉しそうににっこりと顔全部で笑う。その笑顔に後押しをされるように、カッコーの鳴き声に似た電子音が流れる横断歩道を、芹はいつもよりも早足で渡った。

「芹ちゃん」

ファーストフードの扉をくぐると同時に、近い席で本を読んでいた椋本《くすもと》希子が手を挙げ、声をかけてくれた。トレイには、定番のアイスコーヒーが半分ほどになっており、少し前からここで時間を潰《つぶ》していたことが窺《うかが》える。

芹の視線に気づいてか、希子は小さく肩を竦《すく》める。

「本屋に寄ってきたかったの。家は窮屈で息が詰まるし。大学が始まったせいか、父が機嫌悪ぅて」

なるほど、と曖昧《あいまい》に芹は頷《うなず》くだけにとどめた。家の事情は様々だ。自分はアイスティを注文してカウンターで受け取ってくると、気安く希子の向かい側に腰を下ろした。座ると同時に護里は芹のカバンの中に、亀になって潜ってくれるあたりは心得たものだ。

「あ。そうだ。あゆちゃんから連絡ないんだよね。ちょっと話があったんだけど……キコさんも顔合わせたら、連絡頂戴《ちょうだい》って言っておいてくれないかな？」

「そういえば、まだメッセージ見てないみたい。でも芹ちゃんのほうが愛由花ちゃんと顔を合わせる機会は多いんじゃない？」

「今日、ちょっと用事が出来てガイダンス出れない可能性が高いから……」

「了解。芹ちゃんの興味ありそうな授業、気付いたら聞いておくね」

先回りしてくれる希子の言葉に芹としては両手を合わせて拝むしかない。

「それすごく嬉しいありがとう。あ、いや、それはともかく。実は今日ちょっと早めにキコさんに会いたかったのは、訊《き》きたいことがありまして」

　やや意気込んだせいか芹はファーストフード店の小さなテーブルに乗り出すようにして、希子へと視線を合わせた。ちょっと日本語的に怪しい言い回しになったような気がするが、いいたいことは伝わったらしく小さく首を傾げ、促すような仕草をくれる。

「唐突でごめんだけど。キコさん、わたしの悪い噂《うわさ》聞いてない？」

「……芹ちゃんの直球なところは、わかりやすくてすごく好ましいんだけど」

　目に見えて、きょとんとした希子が考えこむように視線を宙へと彷徨《さまよ》わせた。しばし考えこんで、先ほどと同じ角度で首を傾げると、綺麗《きれい》な黒髪が肩からさらりと落ちる。ほんの少しいい香りがして、ふと皇臥の香を思い出し脈絡もなく自分も何か気を配るべきだろうか、などと心の片隅を過《よぎ》る。

「なにかあった？」

　呪詛《じゅそ》られてます。

　それくらい憎まれてるっぽいです。

　多分、自分がやらかしたんだと思います。

　そう答えるのも憚《はばか》られる気がして、口籠《くちごも》ってしまう。嘘《うそ》を吐くのは誠実ではないし友人相手にしたくはない。

「だって芹ちゃん、意外と交友関係広くはないし、大学で関わる人も多くはないでしょう？　確かSNSもやってないはず……あ、最近サークルに入ったんだっけ？　たまに先輩方とお茶してるて聞いたけど」

「いや、入った覚えはない。でも、仲良くはしてもらってる感じかな」

微妙な居心地悪さを感じ、それを誤魔化《ごまか》すように透明なパッケージに入った氷たっぷりのアイスティを、ストローで掻《か》き回す。ざらざらと籠った音がした。

「ごめんね、変なこと訊いて」

「ううん。誰かに嫌な思いさせてるとか、繊細な人は気になると思うから。でも、芹ちゃんはそういう他人の感情や評価にはわりと無頓着《むとんちゃく》な人かもしれないとは思ってた。

――……せやねー……的外れだったら、ごめんだけれど」

目の前に座る希子が、芹の仕草につられるようにストローを掻き回し、氷が溶けて薄まったコーヒーと濃いままのコーヒーの層を、混ぜ合わせている。

「芹ちゃんが結婚したっていう時には、デキ婚じゃないかとか色々と噂されてたかな。意外と尻《しり》が軽いとか。そんな風に言ってた誰だかに、愛由花ちゃんが怒鳴ってたっけ。あ。一応言っておくけど多くはおめでとうムードだったから」

声無く笑って頷いたが、芹としてはそれくらいは許容範囲というべきだろうか想像の範囲内である。突然の結婚ニュースなどでは、ゴシップとして必ず付きまとう類《たぐい》のものだし。

「芹ちゃんが火事で焼け出されて、当面の生活費用のカンパ募った時には中絶費用じゃないかって囁《ささや》かれたくらい。愛由花ちゃんが噂元にさらに低音で凄《すご》んでた」

「意外といわれてるなあ」

「芹ちゃん、学校に戻ってから私たちのお古着てるし、教科書の類はコピーだし、体育の授業も休まず元気に出てるから妊娠疑惑は消えて、火事は本当だってことで、すぐに噂は消えてる」

学校で過ごしている時には、そういった噂は耳にしたことがなかった。ということは愛由花たちが耳に入れないようにしてくれていたのかもしれない。ぴろん、とスマホから軽やかな音がした。

「でも、その噂の類で恨まれているとは思えないよねえ」

「そうねえ。それで恨まれるのはどちらかというと……あ。夏織、今起きたって」

普段の雑談めいた空気に笑みが自然と滲《にじ》む中、互いが持つスマホがメッセージの着信を告げる。自分のスマホを確認すると、もう一人の友人がたった今起床したところだと短い文面を送ってきていた。何やら焦りまくったようなイラストが添付されている。

「かおりん、わりと夜更かししてるもんねえ。あゆちゃんもかな」

「愛由花ちゃんは実家だから、夜更かししにくいんじゃない？」

互いにスマホを見て、友人たちの状況に頷き合う。

不意に、画面に追加で別の友人からのメッセージが浮かび上がり、スマホをポケットに仕舞いかけていた芹は不意の振動に取り落しそうになった。

廃墟《はいきょ》研究会の、高橋沙菜《たかはしさな》だ。

上部ギリギリの部分を流れていく短い文は目で追いかける前に読めなくなってしまったので、閉じたメッセージアプリをもう一度起動させる。

《余計なお世話かもだけれど》

彼女らしい遠慮がちな前置きとともに、メッセージは細切れに届けられていた。

彼女とのトーク画面を開くと、連続で吹き出しが連なり、今もまた新しく、ぽこんと浮かび上がった。

《真田《さなだ》さんが、意識戻ったそうです》

それを見た瞬間。ひやっと芹の体温が下がった気がした。

真田。芹が知る中で、その名字を持つのは一人だけ——真田、愛由花のことにちがいないのだ。

なんのことだろう?

やや硬直しつつ画面から視線を外せずにいると、新たなふきだしが連続して浮かび上がってくる。

《真田さんが入院したの、私、知らなかったから。びっくりした》

《きのう、元気そうだったし》

《でも、さっき、意識戻ったみたいです》

《なので安心してください》

《芹ちゃん心配してるだろうなって、思ったのでお節介しました》

「…………へ?」

ぽこり、ぽこりと浮かび上がる思いがけない文字列に、芹は固まる。

前の席の希子が音を立てないよう器用にコーヒーを最後まで吸いきっていた。

明るい店内の賑《にぎ》わいが、遠いものに感じる。

「どうしたの？」

希子の問いかけも、ひどく距離のあるものに聞こえた。

それに応えるのももどかしく、芹は慌てて高橋沙菜へと電話をかけた。メッセージアプリでちまちまと文字を打つのがもどかしい。

「あゆちゃん、入院したって」

コールが途切れる一瞬前に、怪訝《けげん》な様子の希子へと簡単に内容を伝えると、希子がさっと表情を強張《こわば》らせたのが見えた。

「確かに、風邪が治りきってないって言ってたけど……」

「メッセージの既読、いつまでもつかないの、そのせいだったのかも」

希子がトレイとコーヒーのカップを片付けるために立ち上がる。さりげなく腕時計で時間を確認したところを見ると、そろそろ時間いっぱいかもしれない。

『はい、もしもし？』

スマホの向こうから、細い柔らかな声が聞こえてきた。

「沙菜？ ごめん、突然。今メッセージ見て、びっくりして衝動でかけた。バタバタしてたら、切ってもいい」

画面をフリックして沙菜への通話を押した一瞬後に、先にメッセージで通話の余裕はあるかどうか聞けばよかったという後悔が押し寄せたのだが、切るよりも先に沙菜が出てくれた。なので少し早口で弁解のような言葉を紡ぐことになってしまう。

『あ。大丈夫。やっぱり芹ちゃん知らなかったんだ』

スマホの向こうから、安心したような申し訳なさそうな高橋沙菜の声が聞こえてきた。背後から微《かす》かな賑わいが聞こえてくるのは、少なくとも病室の外にいるのだろう。

『昨日、校内で倒れて救急車で運ばれたって……さっき、二階《にかい》くんから聞いてびっくりしたの』

「えっ、それはわたしもびっくりなんだけど、二階くんって廃墟研究会の二階くんだよね」

愛由花の病状に心が急《せ》くも、思わずどういうつながりだと引っかかってしまう。顔が広いとは思っていたが、同学年とはいえ別学部で別サークルの男子とも親しかったのだろうか。希子が、迷いながら傍らで固唾《かたず》を呑《の》んでいる様子に気付き、彼女にも通話内容が聞こえるように少し、芹から近寄った。

『そっか、芹ちゃんこのあいだ「さばまるファンシーランド」で、二階くんと一緒したから、知り合ってるんだっけ』

いいなあ。なんて言葉が続きそうな声音に聞こえたが、沙菜自身はまだ廃遊園地での出来事を詳しく聞いていないのだろう。近いうちに本間あたりが話す口実とばかりに、色々と話しに行きそうだが。

『真田さんが倒れた時に、偶然二階くんが通りかかってたんだって。で、救急車呼んだはいいけれど……彼女の財布とか勝手に漁《あさ》るわけにいかなかったから、学生事務に行って、真田さんのご両親に連絡したって』

そういえば昨日、やたらせかせかとした二階侑吾《ゆうご》とすれ違った。

夏織が車を回してくれるのを待っているとき、救急車両のサイレン音も聞いた気がすることを思い出せば、芹は頭を抱えたくなった。

あの時、友人の愛由花は体調不良で倒れていたのだろう。

自分の不調にばかり気を取られていたのかもしれない。自分たちと話していた時、相当無理をしていたのではないだろうか。

『真田さんが運ばれてきたの、今、うちのお父さんがいる病院だから。藤村《ふじむら》病院っていうんだけど。二階くんが、心配だから余裕があれば一応、気を付けてあげてほしいって私に連絡が来たの』

そういえば、沙菜が前回の廃墟研究会の活動である、廃遊園地探検をドタキャンしたのは父親がケガをして病院に運ばれたからということだった。

『だから、さっきちょっとご面会にいらしてた真田さんのお母様にご挨拶《あいさつ》して……さっき、目が覚めたって聞いた。お医者様は、風邪をこじらせて、疲労と寝不足が重なっていたんだろうっておっしゃってたらしいよ。少し休めば心配ないって』

「……そ、そっか」

芹は思わず立ち上がった姿勢から、崩れるように席へと座りこんでしまった。

愛由花から色々と話を聞きたいと思っていたが、自分の都合ばかりで配慮できていなかった——自身の視野の狭さに、自己嫌悪を覚える。

電話越しではあるが、愛由花の様子がさほど心配する必要のないものだと聞いて、芹は胸を撫《な》で下ろし沙菜との通話を切った。

大きく溜息《ためいき》が漏れる。

ふと、顔を上げれば店のウィンドウを隔てた外から皇臥が少し心配そうにこちらを見ており、左右からもカバンから顔を出した護里と、右手に絡まったままの祈里がじっと見つめている。

「芹ちゃん、時間があったら愛由花の様子、見てきてあげてくれない？　芹ちゃんの用事が終わってからでいいと思うから」

ウィンドウの向こうの皇臥に気付いて、小さく会釈をしていた希子に促され、芹は大きく頷《うなず》いた。

「心配だから、最優先で往《ゆ》く」

「ありがとう。私も大学に行って、夏織と合流してお見舞いに行くね。もし、思ったより体調悪そうだったら後日にするから連絡もらえる?」

「了解」

ほっと胸を撫で下ろし、芹と希子は連れ立って店を出る。

互いに手を振りあって別れると、どうやらドリンクだけはテイクアウトをオーダーしていたらしい皇臥が、ストローに口をつけながら芹を迎えてくれた。

「皇臥も入ってくればよかったのに」

「親しい女子大生同士の交流に割り込むほど無粋じゃないぞ。何かあったか?」

「あー、キコさんからは、特に恨まれてるっぽい話は聞けなかったな。デキ婚じゃないかって噂《うわさ》が立ったことがあるくらい」

「わかった、その噂元を殴りに行けばいいか?」

「ちがう、そうじゃない。ていうか、デキ婚でもちゃんと結婚するつもりとかだったら、別によくない?」

皇臥の軽口を軽口でいなしながら、芹は小さく肩をすくめた。少し意外そうな顔をしている陰陽師《おんみょうじ》に、芹は彼の育ちの良さとある種の古さを同時に垣間見《かいまみ》てくすぐったくもなる。契約結婚を持ちかけてきた相手とは思えない。

「情報収集とは別件で、あゆちゃんが、倒れたって聞いて、ちょっとびっくりした。昨日、救急車で運ばれたって」

芹の言葉に、皇臥が眉《まゆ》を寄せた。

「ごめん。皇臥、ちょっと顔見に行ってもいい？　ご家族がいるから大丈夫だとは思うんだけど……やっぱ、心配」

「いいんじゃないか？　どうせ、話を聞きに行く予定の人だろ」

「それはそうなんだけど」

自身の呪詛《じゅそ》関係とは別に、純粋に友人の具合が気になるのはある。

「さっき、顔見に行っていいか確認しようと思って、あゆちゃんに電話してみたんだけど……出ないんだよね。相変わらずメッセージも既読にならないし。それが気になっちゃうんだ」

「スマホを持たずに運ばれたのかもな」

微妙な屈託を抱えながらも、あっさりと了承してくれる皇臥と並んで、彼が車をおいてきたパーキングまでの道のりを歩く。

「そういえば、藤村病院って前にもお見舞いに行ったね。花嫁衣裳《いしょう》の件で」

ベッドを区切るカーテンの薄い狭間《はざま》でにこにこと笑っていた女性の顔を思い出して、芹はやや気持ちが落ちるのを自覚した。

2

「花やお菓子よりは、現金だよね……この場合。現金はもらって困ることはない」

「まったくその通りだと思うが、その気の利き方は女子大生にしては殺伐としていないか、芹」

藤村病院の駐車場で、車を止めながら互いに見舞いの品についてやや契約夫婦で紛糾したものの、結局封筒にいくらかを包み、見舞い相手の好みと病状を確認してから暇つぶしを後で購入して差し入れる形で落ち着いた。

しかし芹が護里と祈里をお供に車を降りても、皇臥は降りる様子がない。

「女性だろう。急なことだからあらかじめアポイントもとってないし、友人の芹ならともかく、あまり親しくもない男に病んだ入院姿を見られたくはないだろう。気を遣わせるのもなんだしここで待っている。何かあったらすぐに連絡をくれ」

ハンドルに置いた手に、スマホをもって軽く振って見せる。

「皇臥のそういうところ、ちょっと男前だと思う」

「ちょっとかよ。でも独りは淋《さみ》しいから、錦《にしき》を呼ぼうと思ってる。あいつは嫌がるけど、やっぱり小さいコンパクトサイズ式神は勝手がいいんだよなあ」

「つむじ、つつき回されるといいよ」

いつもは白虎《びゃっこ》が話し相手兼護衛として皇臥の傍《そば》にいる。

ぱっと見は誰にもわからないが、あまり一人になる機会がない皇臥は、意外と寂しがりかもしれない。白虎がいない時には、護里を連れ出していたようだが、今は玄武たちとは芹が契約している。

病院独特の無臭、というよりは入院患者たちの衣類の様々な洗剤の匂いを感じながら、芹は皇臥と一度別れて正面玄関からエントランスに入る。

愛由花の病室の番号は、あらかじめ沙菜から聞いている。

あとで、彼女にも挨拶《あいさつ》しておこう。

クリーム色に緑の文字で矢印が描かれた廊下を、案内板頼りに歩いていく。

護里がきょろきょろと興味深そうに周囲を見回していて、気を抜くと手が離れそうになるので、エレベータに入ると軽く手を引くようにして身体《からだ》を浮かせる仕草をすると、心得たように亀の姿になってくれる。そのまま、自身のカバンへとお招きし、一人でカバンの中は可哀想《かわいそう》にも思えて、手首に巻いていた白蛇も一緒にしておいた。少し互いにじゃれ合うような気配がして、カバンのファスナーを半分閉めた。

そのころには、病室のある階に辿《たど》り着いている。

からからと台車の動く音が聞こえるほかは意外と静かなもので、途中のナースセンターに小さく頭を下げて、病室を目指す。

咎《とが》められるようなことはないと思っていても、少し緊張するのはなぜだろうか。

「あ」

病室に近づく芹に気付いたのだろう、切りそろえたセミロングの髪の年配の女性が芹へと小さく頭を下げた。

真田愛由花の母だ。泊まりに行ったときに挨拶をしたことがある。

「ご無沙汰《ぶさた》しています、あゆ……愛由花さん、体調のほうはいかがですか？」

「あらあらあら、野崎《のざき》さんお見舞いに来てくださったの？　学校のほうは大丈夫？」

少しのんびりとした声音で、スラリと背の高い夫人は芹へと微笑《ほほえ》んだ。体格も顔立ちも愛由花によく似ていて少し若く見える。微笑んで、少し困った表情で閉じた扉を振り返り吐息を一つ零《こぼ》す。

「風邪が治りきっていないのに、ネットだゲームだで夜更かしが続いて生活が不規則なまままで。それが新学期だからって大学で弾《はじ》けたせいで、倒れるとか恥ずかしい」

そうは言いながらも、言葉の端々、仕草や表情に心配の感情が滲《にじ》んでいる。

「大したことはないそうなの。でも本人が少し落ち込んでるから、悪いけど少しお話でもしてやってくれる？　ちょっと売店で、テレビのカードや雑誌を買ってこようと思うから。もう、急だから何が必要かさっぱり」

「すいません。じゃあ少しだけお邪魔しますね。わたしも顔見たらすぐお暇《いとま》する予定ですので」

顔見知りの気安さで、頭を下げると愛由花の母は一度病室の扉を小さく開けて、中へと声をかけると芹へと入室を促した。開いた扉の向こうは、二人部屋のようだ。もう一つのベッドの上では布団が畳まれ、カバンと風呂敷《ふろしき》包みが置かれているところをみると、退院準備だろうか、それとも入院してきたばかりだろうか。

「芹！」

思ったよりも元気そうな声が、芹を出迎えてくれた。

真田愛由花が、ベッドで横になっていた身体を慌てて起こそうとするのを、芹は慌てて押し留《とど》めた。

短い髪には少し寝癖がついていて、額の横にガーゼが留められている。普段はどちらかというとおしゃれでマニッシュな印象の服を身に着けているが、今は少しよれっとしたガーゼのパジャマを着ていることもあって、あどけなく見える。

自分と違ってポイントメイクを欠かさない愛由花のすっぴんに、確かにあまり男性には見られたくない姿かもしれないと皇臥の気遣いに納得する。

「いいよ。横になってて。ごめんね、倒れるほどつらかったなんて気づかなかった」

顔色は冴《さ》えないものの、愛由花の表情は明るく見える。それでもよく見れば、うっすらと目の下に隈《くま》が浮かんでいた。

「気にしないでよ。あたしも自分がこんなに調子悪いなんて思わなかったんだ。寝不足なのは自覚してたんだけど」

「でも、思ったよりも元気そうでよかった。ここに来る前にキコさんとも話してたんだけど、昨日、倒れる寸前なんて風には見えなかったから」

ベッドの上に座りこみながら、愛由花は少し恥ずかしそうに笑った。

「もしかして、高橋さんに聞いた？　さっき、ちらっと母さんと話したってさ」

「うん。偶然、沙菜のお父さんがケガでここに入院してるんだって」

「ホントごめん、もしかしてすごく心配かけたでしょ？　スマホ、うっかり学校のロッカーに入れっぱでさ、確認できてないの。ウェアに着替えてから、水だけ買いに行こうと思った途中に気、失っちゃってさ」

なるほどと芹は小さく頷いた。

愛由花はいくつかのサークルや団体に所属している。芹の通う大学は個人でロッカーを持つことはないが、大学に申請した部活や団体活動に所属した場合、団体単位でロッカーの使用権利を貸与される。特に着替えなどが必要な運動系団体であれば、優先的にだ。

額の横あたりにガーゼが張られているのは、倒れた際に打ち付けたからのようだ。

情けなさそうにそれを指でなぞっていた愛由花が、少し甘えたような声音とともに芹を覗《のぞ》きこむ。芹よりも背の高い愛由花を見下ろすアングルは、少し新鮮だった。

「ね。芹、ガッコ行く？　だったら、ついででいいから、ロッカーからスマホだけでもとってきてくれるとありがたいんだけど。ロッカー番号1ｰ603、場所はわかるよね」

「鍵《かぎ》、かかってるでしょ。確か、開けるには暗証番号教えてもらわないとだめなはずだけど、いいの？」

「芹なら、信用してる」

その信用は少しくすぐったい。

思いがけずに元気そうな愛由花に、芹はほっと肩から力の抜ける心地を味わった。

愛由花はベッドの上で、上掛けごと膝《ひざ》を抱えるように座りこんで、子供のように片頬を膨らませる。

「あー、もう、はっずかしいったらない！　学校の公衆の面前で倒れるとか！　一日意識なくすとか！」

「恥ずかしくないでしょ。調子悪いなら、しょうがないじゃない。むしろ、無理したツケでしょ」

「無理なんてしてないー！」

子供をなだめるような心地で、拗《す》ねている愛由花の背中を軽く叩《たた》く。膝を抱えたいじけの形から、そのまま後ろに倒れこみ、長い手足を伸ばして大の字になる。

「してないもん」

まだ頬を膨らませながら、愛由花がぽつりと抗弁した。

「寝不足ではあったけど……ここのところ、夢見が悪いせいだし。慢性になってた自覚はあるから、風邪も完治しないし」

ちょっと愚痴っぽくなっている愛由花に、ベッドの柵へと顎《あご》を乗せるようにして、芹は親友を覗きこんだ。

「ゆめ？」

「………あたしのせい、なのかなあ」

芹と視線を合わさず、愛由花の視線は病室の天井を彷徨《さまよ》っている。

伸ばした腕に、青っぽく痣《あざ》になっている点滴の痕《あと》が痛々しい。

「まあ、体調管理の失敗はあゆちゃんのせいではある」

「もー！　芹は厳しいなあ」

思いがけず元気そうな病人は、笑いながら弾みをつけるようにして起き上がり、芹と視線を合わせる。ちょっと駄々っ子のようにベッドサイドの転落防止用の柵を両手でつかんで小さく揺らし。

「そうじゃなくて。寝不足なのは、悪い夢ばっかり見るからなんだって。おかげで、なんか昼間もずっと後ろからカサカサカサカサ小さな音がして、急にぐいって摑《つか》まれるような感じがするの。あれも今思うと眩暈《めまい》かな……」

短い髪を掻《か》き回しながら、愛由花は大きく息を吐いた。

いつも元気で潑溂《はつらつ》とした友人の横顔が、その瞬間だけは、本当に参ったというように翳《かげ》りを帯びた。

「……おかげで、ずっと寝不足」

愛由花のボヤキに、芹は呼吸するのを忘れたかのように動けなくなった。

背中に悪寒を覚える。

滲《にじ》んだ冷たい汗が、ゆっくりと珠《たま》になって伝い落ちていくようだった。

「眠るたびに『お前のせい』って、囁《ささや》かれるんだけど……そんな覚えないし」

「……え」

ドクンと芹の鼓動が大きくなる。

気のせいだろうか。

愛由花の夢に、ひどい既視感がある。

「あ、あの、さ」

まさかという気持ちとともに、芹はやや苦労しながら強張《こわば》った口唇《くちびる》で疑問を紡いだ。

「……粘着音、する？」

おそるおそるとした芹の問いに、愛由花が弾《はじ》かれたように顔を上げて、芹を見返し何度も強く首を縦に振った。

なぜ、という思いがじわりと胸をせり上がる。

「ねちゃねちゃした足音がどんどん近づいてきて、息遣いみたいなのが聞こえて……寝てるのに、起きてるみたいにリアルで。男の声が……」

「――……見ぃつけた、って」

愛由花が、芹の続けるつもりだった言葉を、寸分たがわずトレースした。

互いが、強張ったように互いの目を見つめている。

「なんで、あゆちゃんが……？」

「え、芹が、なんで……」

知っているのか。

同じ言葉を、声無く綴《つづ》ったのを見た。

「え、だって……ちが。わたしのは……」

単なる体調不良じゃない。

芹は慌てて首を横に揺らして驚愕《きょうがく》を振り払い、冷静に考えようとする。

北御門皇臥は、自分に呪詛《じゅそ》がかかっているゆえの不調だと言っていた。

なのに、なぜ親友の愛由花まで、同じ状態に陥っているのか？

何かおかしい。

——どこかで何か、大きな勘違いをしているのではないだろうか？

そんな不吉な疑問符が、芹の頭の中でぐるぐると回る。

カサリ

落ち葉を踏むような音を間近で聞いて、芹は慌てて振り返った。

「ひっ！」

声を上げたのは、愛由花のほうだった。

真っ青な表情で周囲を見回し、狼狽《うろた》えた様子を隠すことがない。

「だって、やだ、ここ、病院なのに……たっぷり寝たはずなのに」

上ずった声でそう呟《つぶや》き、小さく身を震わせて芹を見上げ、幾度か瞬《まばた》きをして——内面にどれだけの葛藤《かっとう》を押し殺したのか、ぐっと息を呑《の》みこむような仕草をして、ぎこちなく笑った。

「ごめん、幻聴！」

「あゆちゃん……？」

芹を心配させまいとする強がりなのは目に見えていた。

「あー。ちょっと最近、変なこと多くて。そのせいで眠れてなかったのもあったのかな。大丈夫大丈夫、入院しちゃったしゆっくり静養するよ。芹、心配しないで」

ぱたぱたと手を振り、やや強張っていながらも気楽そうに笑う友人に、何も言えなくなってしまう。

もしかして、愛由花の症状と自身の症状は同じなのだろうか。

少なくとも、少しだがすり合わせた夢の状況は酷似している。

だとしたら愛由花も同じように、呪詛を受けているということだろうか？

「あゆちゃん。わたしも、今現在すごく己の行動を振り返っている最中なんだけど……最近、オトコの人に対して何かすごくやらかした覚えって、ない？」

「……は？」

真面目な問いだったのだが、親友は見たことのないくらいに微妙な表情を芹へと向けた。

真田愛由花の母親が売店から戻ってきたタイミングで、芹は病室を辞すことにした。

さすがに、昨日倒れて意識を取り戻したばかりの病人に、長時間の面会は憚《はばか》られたし、お母さんもいい顔はしないだろう。

エレベータに乗りながら、自分のカバンをぎゅっと抱えるようにすると、内側から小さくぽこぽこと叩き返すような気配が伝わった。どうやら中で護里と祈里がじゃれあっているらしい。

エレベータは途中の階で止まり、誰かが乗ってきたのをおぼろげに感じる。

「おや」

皇臥にどう説明したものかと、物思いに耽《ふけ》っていた芹に声がかかった。

すぐに誰かはわからない程度の、声色だ。

その声につられるように顔をあげると、灰色のぼさついた髪に猫背。焦げ茶色のシャツと同系色のジャケットを羽織った40代ほどの男だった。改めて顔を見て、理解する。

「あ」

「どうも。お見舞いかい？」

少し間の抜けた声を漏らしつつ、一階のボタンが押されていることを確認して、扉が再び閉まるまでの時間で、こんなところで会うとは思わなかった相手の名前を思い出した。

一世代も二世代も遅れた冴《さ》えない探偵といった印象——守矢公人《もりやきみと》、大学の準教授だ。

「守矢先生、なんでこんなところに」

先にそう問いかけてから、そう不思議ではないことに気付いた。そういえば、守矢先生は高橋沙菜の叔父《おじ》だそうだ。

それなら兄の見舞いに病院に足を運んでもおかしくはない。

「そういえば、温泉はどうでした？」

「最高」

ちょっと意地悪な気持ちも芽生えて問いかけてみたのだが、清々《すがすが》しすぎる笑顔で応《こた》えられてしまい、毒気を抜かれた気分になる。まあ、廃遊園地の騒動に関しては芹と笑《えみ》のほうがつっこまなくていい首をつっこんだ一件なので、彼が探検から一抜けしていたことを責めるような立場ではない。なので「よかったですね」と曖昧《あいまい》に笑うしかない。

「でも、まだ本間から画像データを受け取ってないから、沙菜ちゃんの視線が怖くてね。もういない時間帯を見計らって、こうしてお見舞いに来たんだけど、義兄《にい》さん検査でいなくなってて無駄足ってとこ。出直すよ」

「自分が頼まれたことを人任せにするから、後ろめたいんですよ」

つい、軽口を返してしまったが、守矢は少し驚いたような表情で、改めてまじまじと芹を見つめてくる。

「僕だけ温泉に行ったことは内密で頼むよ」

「条件次第ですね。わたし、沙菜と仲いいですし」

「おっと、ここで交渉を持ち掛けられるかーいいねえ。可愛《かわい》い姪《めい》っ子のお願いをこっそり反故《ほご》にして他人任《ひとまか》せにしたことを、内緒にしてくれるのに見合う条件は何かなあ」

ふさふさと揺れる灰色の髪の準教が、軽やかに笑った。

「いや、別にいいと思いますよ。沙菜との距離を詰める下心満々で、本間先輩がカメラ役引き受けてくれたんでしょうし。先生は温泉に行けて、win-winじゃないですか？」

「よく知ってるね、野崎。……っていうか、それ本間の下心を通したら僕が義兄さんに怒鳴られるじゃないか」

「因果応報って、知ってます？」

それくらいは甘受するべきだと芹は思うのだが、ちょうどエレベータが1階に到着した。開のボタンを押して、芹を先に通してくれると、守矢もゆらゆらとした歩き方でエントランスへと向かう。

一刻も早く駐車場の皇臥と合流するために、守矢へと一礼すると彼の存在を脳の記憶領域の奥のほうへと放り投げ、少し足を速めた。

「――……因果応報か」

なるほど。と守矢公人は掠《かす》れた声で呟きながら、笑みを滲《にじ》ませる。

「好きな言葉だなあ」

晴れやかな笑顔とともに、守矢公人は青い空を振り仰いだ。

3

「真田さんと、芹が同じ状況？」

本当に北御門家から飛んできたらしい錦に、コンビニで購入してきたらしいおにぎりを振舞っていた皇臥が芹の報告に驚いたように声を上げ、唸《うな》った。

「どういうことだ？」

「むしろそれ、わたしが訊《き》きに来たんだけど」

「……同じ相手に、恨まれている」

「わたしも一瞬、その可能性を考えはした」

抱いたままのカバンが内側から、ごそごそと動く気配がして、カバンのファスナーを少し開けると黒亀と白蛇が仲良く顔を出す。

「でも正直、愛由花は社交的で男女問わずいろんな人と仲良くしてるから、わたしの認知外方面で恨み買ってたら、誰かを特定するなんて、お手上げだと思う」

皇臥のもの言いたげな表情を見て、芹は先回りする。どうやら芹の察した方向は大体正しかったようで、皇臥は渋い表情になった。その表情を、飯粒を一つずつついばんでいたシナモン文鳥がジト目で見ている。

「さらに正直になると……わたしには皇臥やお義母《かあ》さんみたいに、原因を知って助けてくれようとしてる人がいる。でも、愛由花にはいない。それが、すごくヤダ。あ、皇臥やお義母さんが嫌なんじゃないの」

「わかってる。正直、俺は芹だけで手いっぱいだが、芹にとって真田さんが大事な友達だということは知ってる」

　もどかしげな芹を励ますように皇臥はその背を軽く叩《たた》く。

「火事のあと、何度も何度も家《うち》に来いとか、芹を心配するメッセージを送ってきてくれたのを知ってるし、見せてくれただろう。友人に恵まれてるって、自慢されたのも覚えてるぞ。芹に遠慮させないように、自分のお古の服の中に何着か新品の服を交ぜてくれていたとか。そんな友人に、自分と同じ呪詛がかかってると思えば、心配になるのは当然だ」

「ホントに、皇臥はわたしの話をよく覚えてくれてるよね」

　顔を上げ、ややぎこちないものの芹は笑みを浮かべた。

「毎日、名前の入ったままのジャージを着てるだろう。おかげで印象が強い」

「そうなんだよね。時々、わたし宅配便のおじさんに『真田さん』て呼ばれるもん。最近はめんどくさいから、そのまま『はい』って返事しちゃってる」

「そこは一応、嫁として訂正してほしいところだな！　おかげで、俺は嫁に逃げられて高校生の押し掛け嫁が来たって甲斐性《かいしょう》ありすぎの噂《うわさ》がたつんだぞ」

　わりと真面目に抗議されて、芹もさすがに「はい」と殊勝な返事をしておいた。

　そういえば、史緒佳にも同じことを言われた気がする。うっかりと気軽に冗談として流していたが、史緒佳的にも皇臥的にも、よく考えると『北御門家』の体面としてはよくないかもしれない。これからはきちんと訂正して回るべきだろう。

「……まあ、その噂の訂正は計画的にゴミ当番の際に実行するとして。あゆちゃんはわたしが大変な時に、一番手を貸してくれて、助けてくれようとした友達なんだよ。ホントにいろんなことでお世話になってる。なのに、そのあゆちゃんが大変なことがわかってるのに、それに手を貸せないトモダチでなんかいたくない」

軽自動車のボンネットでは、亀と文鳥がおにぎりを分け合っている。白い蛇は、主人と契約者を見上げて、小さく首を傾《かし》げている。

「……わかった。どちらにせよ、芹にかかった呪詛《じゅそ》の根源を突き止めれば、同じ状況の真田さんの事情もわかるだろう」

「わたし、まだ倒れたりしてないし。どっちかっていうと愛由花優先でお願いしたいんだけど……」

「俺に、一番の親友の芹にすら把握できない広大な交友関係を持つ女子大生の因縁を突き止めろというのは、無理が過ぎると思わないか？　まず、芹が彼女の心当たりを聞き出してくれ」

「説得力ありすぎて、返す言葉がないよ。愛由花に大学のロッカーからスマホの回収を頼まれたから、それを持って行く際に色々と聞いてみる」

さすがに今すぐに病室に取って返すのは憚られる。

友人である希子と夏織が合流して見舞いに行くと言っていたから、それに便乗するのも手かもしれない。

計画ともいえない計画を頭の中で練っていた時、不意に皇臥のスマホが軽やかに着信を告げる。

「母さんだ。はい、息子だけど」

画面で確認した送信相手を芹へと告げ、そのまま通話に応じる。

「ああ。うん。いや、さすがに知らんて。……なんで、それを俺に掛けてくるんだよ」

車にもたれながら、史緒佳らしい通話相手との会話は聞く努力をしなくとも芹の耳に入ってくる。皇臥の声音が、芹に対するときと微妙に違う『息子』の声音のように聞こえて、ついつい口元がにやついてしまった。それが目に入ったわけではないだろうが、いつもよりもやや不愛想な仕草で、皇臥が芹へと自分のスマホを差し出してくる。

「？」

「母さんだ。代わってくれ、俺にはわからんし……どうせ、芹も一緒なんだろうからかけ直すのも面倒だと」

「はいはい。お義母さんですか？　芹です」

ワンセットにされる気恥ずかしさがあったせいか、ついスマホを受け取って応対する声のトーンが一段高くなった。

『芹さん？　ちょっとお茶がてら、日頃の勤務態度について聞こうと思って、芹さんの元バイト先に来てみたんですけどな』

「『グリーンサマンサ』ですか？　あ。お茶するなら、サンドイッチも美味《おい》しいですよ、そこ。友人はピカタもいけるって……」

時間を見ると、確かに昼を過ぎてお茶の時間でもおかしくはない。

余り繁盛している店ではなかったが、ランチタイムを終えてお客もぽつりぽつりとしかいない時間帯だろう。

『…………おまへんえ』

「はい？」

史緒佳の言葉の意味を把握しかねて、芹は首を傾げてしばし動きを止めた。

『店がありまへんのや。白川通りから一本入ったお店でしたな？』

「そ、そうです」

『一応、ホームページとブログはありましたさかいそれで確認していきましたんやけど、看板はのうなってますし、ドアには大分色褪《いろあ》せた「close」の札がかかってますわ。店の前面がオープンテラスのカフェでしたんやろけど……あちこち石畳の間から雑草生え始めてますし。これ、潰《つぶ》れてますえ』

「………うそー」

やや呆然《ぼうぜん》としたような呟《つぶや》きが芹から洩《も》れる。

クビになったといっても、愛着のある店だった。

様々なハーブの料理法は勉強になったし、まかないはおいしかったし、あまり繁盛してはいないけれど客層はちょっと面白く、バイト代も結構よかった。

そういえば、この店の話題が出た時に、希子も夏織も奇妙な顔をしていた。

希子など、ハーブショップの話題はすべて過去形で話していた気がする。

潰れたことを、知っていたのかもしれない。

『芹さん？　ともかく、店がありまへんし、うちはもうちょっと調べてみますよって、店長さんに会いに行ってみますわ。ブログは去年から更新されてまへんし』

「すいません、正直、何も知らなかったです」

『まあ、クビになったバイト先なんて、そんなもんですやろ。火事とかでバタバタしてましたでしょうし。芹さんが移転先とか、心当たりありますやろかと思てかけてみたんでおすけど、よろし』

「ぶっちゃけ、『グリーンサマンサ』に関しては、スマホに店の連絡先がまだ残ってる程度で、移転の話なんて露ほども聞いたことないです」

『ですやろな』

史緒佳の反応もさもありなんという印象で、簡単な報告のつもりだったようだ。皇臥へとスマホを返すと、芹はしばし感傷的な気持ちになった。やはり、あまりいい締めくくりではなかったとはいえ、愛由花を含めた友人たちがよく遊びに来てくれて、長く勤めた肌に合ったバイト先だ。あれからまもなく廃業していると思うと、微妙にさみしい。

「……なんか、ショック」

ぽつりと呟くと、白蛇がそっとボンネットから降りて、車の下にもぐっていく。その様子を目で追っていた皇臥が、小さく同意に頷《うなず》いた。

「まあ、わからなくもない。俺もまだ家を潰してはいないが、潰れたらそれなりにショックだ」

「規模違う！　その仮定を聞いたら怒る人多い！　そして、わたしが潰したわけじゃない！」

同意を示せばいいものではないと思わずつっこんだが、大きな声を出すと、胸に溜《た》まりかけていた感傷が吐き出され、少し気持ちが晴れたような気がする。

タイヤの陰から芹を見ている白蛇が、少し危ない位置にいるような気がして屈《かが》みこんですくいあげると、ちょうどボンネットの亀と文鳥がおにぎりを食べ終わったところだった。

「まず、聞いた暗証番号を忘れないうちに、愛由花のスマホを回収しにいくよ。スマホないと不便だろうし、こっそり話を聞くにもスマホがないとメッセージも届かないし」

「まあ、それは届けないと芹も安心できないだろうな。……しかし、おかしな話だ。芹と真田さんにかけられている呪詛は、話を聞く限り同じもののように思える」

満足気な式神たちを連れて車に乗り込みながら、芹は皇臥の言葉に首を傾げた。

陽射《ひざ》しが温かいせいで、車内の空気が暖房がかかっているかのようにむわっと暖かい。

「それって、同じ人に恨まれてるからとかじゃないの？」

「その可能性は大きいが、何か見落としてる気がするんだ」

やや釈然としない表情のまま、北御門皇臥は再び車を走らせ始める。

走行している乗用車の中、助手席のシートに座りながら、芹の耳には近くでカサリと落ち葉を踏みしめる音が届く。

密《ひそ》やかな、こちらを窺《うかが》うような息遣い。

同じものを、今も真田愛由花が聞いているとしたら——訳も分からず、不安も明かせないままいるとすれば、一刻も状況を変えたいと、芹は心の底から思った。

◇

「じゃ。ちょっと行ってくるけど。皇臥待っててくれる？　さすがに一緒には……ねえ」

「さすがに、女子のロッカー室に入っていけるほど神経は太くない。もう、この際芹の運転手に徹するか」

少し冗談めかしつつも、学生のクラブ棟が併設されている学生会館の前までは皇臥もともにやってきて、どこか懐かしそうに周囲を見回している。

「大学の雰囲気というのは、どこもあまり変わらないな」

自分の通っていた学校と重ねているのだろう。

開放された大学は皇臥が歩いていてもさほど目立たない。見かけない講師の一人とでも思われているだろうか。

「芹ちゃーん！」

芹が学生会館へと足を踏み出そうとすると、聞き覚えのある声が背中からかかる。

振り返ると、大きく手を振る平塚《ひらつか》夏織が椋本希子とともに歩いてくる姿が見えた。どうやら仲良し二人も合流したらしい。芹の姿を見つけて声をかけてくれたようだ。

「ごめんごめん、寝過ごしたからメッセージ色々と見逃してたー。愛由花、どうだった？　これからキコさんとお見舞いに行くつもりなんだけど」

屈託のない、明るい表情で問いかけてくる小動物のような友人に、一瞬どう説明すればいいかと迷う。その表情に気付いたのか、希子は夏織を少し宥《なだ》めるように。

「愛由花ちゃん体調悪そうだった？　目が覚めてすぐだから、当然かもだけど」

「あ……ごめん。キコさんにメッセージ送るの忘れてた。あゆちゃんは結構元気そうだったけど。ちょっと余裕ない感じ、だったかなあ」

つい曖昧《あいまい》に言葉を濁してしまった。

希子と夏織はその煮え切らない言葉に互いに顔を見合わせる。

「じゃあ、今はお見舞いとか行かないほうがいい感じ？」

「でも、メッセージとかも既読つかないんだよー」

夏織の言葉に、芹は束の間《つかのま》忘れていた自身の目的を思い出して、慌てて身を翻す。

「あ、今あゆちゃんスマホが手元にないんだ。わたし、頼まれてそれを取りに来たんだよね。ちょっと、取ってくる。スマホが戻れば、メッセージは見てくれると思うし、返事も問題ないと思うよ」

「あ、うん」

そう言いながら友人二人に手を振ると、芹は自分自身はあまり足を踏み入れたことのないクラブ棟へと早足で向かっていった。


その場に残された皇臥と、芹の友人二人は微妙な空気のまま互いに会釈する。

もっとも椋本希子のほうは先ほどだけではなく、昨日も顔を合わせている——と、少なくとも希子本人は思っているので、ぎこちなく挨拶《あいさつ》をする夏織に比べれば自然体だ。

三人揃《そろ》って、学生会館へと入っていく芹を目で追って、微妙な沈黙になる。

「そういえば」

口火を切ったのは、どちらかといえば対人慣れしている北御門皇臥だった。

芹が見れば笑ってしまうだろう、接客モードでいつもよりも背筋を伸ばしている。もっとも、その肩には誰も見えない文鳥が乗っているが。

「芹から、前のバイト先で出していたピカタが好きだった友人がいると聞いたんですが、それって椋本さんか平塚さんですか？」

「ええ。私です。美味しかったですよ。お店のピカタはチキンとサーモンとポークがあったんですけど。私はポークが好きでした、セージとオレガノが効いていて。芹ちゃんが、レシピを再現できるそうなので、是非ごちそうしてもらってください」

希子が何気なく手をあげて口唇《くちびる》を緩めるように笑った。

少し視線が遠いのは、仲間内で楽しく笑い合いながらの食事の時間を思い出したからかもしれない。

「だから、少し残念」

「キコさん」

少し焦ったように、夏織が希子のシャツの袖《そで》を引いている。その様子に気付かなかったふりをし、皇臥も肩を竦《すく》めて見せた。咎《とが》める口調にならないようにと注意しながら、皇臥は希子へと確認する。

「店が、閉店していたことをご存じだったんですね」

「ええ」

「きこさぁん！」

さらに強く夏織が希子の袖を引いている。その様子に、どうやら芹の友人間ではそのことについては芹に箝口令《かんこうれい》が敷かれているらしいと皇臥は察した。

何人かの学生たちが笑いさざめきながら通り過ぎていくのを見遣《みや》りつつ。

「夏織。愛由花ちゃんにも言ってるけど、いつまでも隠し通せるものでもないでしょう。

別に、芹ちゃんのせいではないんだし、白川通りなんて、芹ちゃんの現住所のすぐ近くなんだから、何かの拍子に知る可能性なんていくらでもあるでしょ。それなら北御門さんにやんわり潰《つぶ》れたことだけ、伝えてもらったほうがいいじゃない」

「だけ？」

不自然な希子の言葉に引っ掛かりを感じて、問い返す。

希子としては、その短い言葉を失言だと思ったのだろう。しまったという表情を束の間見せたが、すぐに平静を取り繕った。

「……ずっと、内緒にしておくつもりではなかったと思います。愛由花ちゃんも」

「ということは、芹のバイト先の情報を伏せたのは、真田さんの発案？」

皇臥が僅《わず》かに眉《まゆ》を顰《ひそ》める。

希子と、夏織が芹の駆けていった方向を揃って見遣り、互いに顔を見合わせると夏織が折れたように肩を落とした。

「北御門さんが知ってるってことは、芹ちゃんは『グリサマ』……『グリーンサマンサ』が潰れたってことは知ってるんですよねえ」

「ついさっき、うちの母が食べに行ったみたいで。聞いたのは、それだけ、です」

それだけ、とやや強く念押しした。芹が知っているのは、店が潰れたことだけだと。

「芹ちゃん、お店を辞めさせられた直後から、色々とあったでしょう？　愛由花もだいぶ怒って怒鳴り込んだんですよ。火事で家なくして、行き場のない実家も頼れない芹ちゃんを、この状況で首にしたのかって」

アクティブな親友だ。そしてアグレッシブだ。

心の底で、こっそりと皇臥は呟《つぶや》いた。

「怒鳴り込むまでしたのは、すごいですね」

「……あのバイト先、紹介したの愛由花だったんですよ。顔なじみから結構割のいいバイト料が提示されていて」

夏織が少し声を低めて、皇臥の感想に補足するように説明した。その際、希子と夏織の表情が渋いように見えた。

「なにか、訳ありだった。とか」

「あのバイト、最初は愛由花ちゃん自身に提示された条件だったんです」

吐息交じりに希子が重ねて答える。視線が学生会館を窺うのは、芹が戻ってくることを気にしたのだろう。要領を得ないという皇臥の表情に、希子の言葉だけでは説明不足を感じた夏織が、慌てて補足しようと思い切ったように声を跳ね上げた。

「もー、ぶっちゃけると！　下心ありありの『グリサマ』のバイトリーダーが、愛由花に近づくために破格のバイト料を提示して、誘ってきたんですよ！　愛由花はそういうのすごく嫌いだから……『そういう特別扱いのバイトなんて真っ平』ってスタンスで跳ねのけたら、『誰にでも同じ条件だ』って言い張られて」

「……それなら、と芹に紹介したと」

夏織が上下に強すぎるくらいに大きく首を振る。

「そう！　ちなみに芹ちゃんは承知の上でしたよ。その条件なら待遇いいから、愛由花の顔も立つし、短期間のバイトになっても頑張るって。芹は調理もイケるし、器用でよく働くから、雇った後はバイトリーダーにも辞めさせる口実がなかったんだと思う。だから想像以上に長く続いてたし」

「私たちも、愛由花ちゃんと一緒にそこそこ通ってたっていうのも、あるかもですけれど」

友人たちの言葉に、しかしそれならどこに芹に伏せておきたい事情があるのかと、皇臥は首を捻《ひね》る。ちょうど肩と頬に錦が挟まれる形になって、耳をつつかれた。

皇臥の疑問に、今のはバイトの状況の前提だったのだろう。希子が皇臥を手招きするように道の端へと寄った。

そして心持ち、距離を詰める。

「普通に潰れただけなら、別に私たちも内緒になんかしません。あの店、店長が危険ハーブ……いわゆる脱法ハーブの販売で、検挙されたんです。所持じゃなく、販売で」

「はぁあああ!?」

希子の、辛《かろ》うじて聞こえる程度に低められた声に、皇臥は素っ頓狂《とんきょう》な声を迸《ほとばし》らせた。

夏織が、ぎょっとして口元に人差し指を当て、周囲を憚《はばか》って「しーっ」と仕草で伝えてくる。

脱法ハーブ。危険ハーブ。合法ドラッグ。さまざまに名称があるが、数年前に危険ドラッグと正式に名称を指定されている。大きな括《くく》りでは、覚醒《かくせい》剤や大麻等《など》のテトラヒドロカンナビノールの効果を模した合成カンナビノイドなどの規制薬物と類似した化学物質を混入させた植物片等で、体内摂取により規制薬物と同様の有害性が疑われる物をいう。

「違法ではない」というイメージを持っている者もいるが、使用だけでなく所持するだけでも法律で禁止されているため、逮捕され、刑罰が科せられるおそれがあるのだ。

「危険ドラッグ」には乾燥植物片状、粉末状、液体状、固体状――つまり錠剤といった様々な形態があり、「合法ハーブ」「アロマ」「リキッド」「お香」等と称して販売されていることもあるといわれている。

「……まじか」

つい皇臥の被《かぶ》った猫が、半分ほどずり落ちてしまったが希子は気にしていないようだ。

「芹ちゃんがクビになった理由、店長しか触らないハーブを芹ちゃんが扱ったからだっていってたんですけど。長く続いた都合のいいバイトを、それだけであっさりクビを飛ばすってことは……ねえ」

「マズいものに、芹ちゃんが触っちゃったってことでしょう？　愛由花としては、訳ありとはいえ自分が紹介したバイトで、親友が違法すれすれに携わらされて、一番つらいときに理不尽にクビ切られて……てなると。そりゃ、そこのバイトリーダーに怒鳴り込むくらいしたくなると思います、顔も見たくないレベルだったから連絡用ツール全部ブロックしたって言ってましたし」

「しかも、芹ちゃん、それがきっかけで急にすごく格式のあるいいお家《うち》に嫁ぐことになって、厳しいお姑《しゅうとめ》さんがいて、お嫁さんになるために頑張っていて」

あー……。

北御門皇臥は無意味に空を振り仰いだ。

友人たちは芹の事情を『契約結婚』とは言えないことを除いて、ほとんどすべて知っている。

野崎芹が、経済的には裕福でないこと。頼れる相手がいないこと。

火事によってすべてなくして、バイト先もなくなった直後に、推定歴史ある旧家に嫁いだこと。

そのおかげで、大学には問題なく通えていること。

もし、芹が警察沙汰《ざた》になるような、違法すれすれの事件に関わっていたかもしれないと、彼女たちの思う格式高い旧家が知れば――。

芹の幸せのためにも、秘めておこうと思うだろうか。

「うちと北御門さんが同じようなおうちがどうかはわかりませんけれど……頭の固い人たちは、下手に隠し事すると交際相手でも素性をがっつりと調べますから。問題あったら、容赦なく難癖付けますし」

ため息交じりに希子が吐き出した。

わずかに皇臥の視線が泳いだのは、叔父《おじ》の北御門武人あたりは余裕があれば間違いなく芹の身辺調査をしただろうということに思い至ったからだ。彼女の予想は大体において方向としては正しい。

「時期が時期だから……すぐに冬休みと、試験と春休みが挟まったでしょう？　それで愛由花からも話す機会を見失っちゃったんだと思います。あと、この間またちょっと状況が変わって……」

ねえ、とアイコンタクトをとるように、夏織が希子を横目で見て、視線の先の長い黒髪の娘はさらに表情を曇らせた。

◇

そろそろ、行き交う学生たちが多くなるだろう学生会館クラブ棟のロッカールームだが、芹が歩みを進める廊下は驚くほどに静まり返っていた。

芹自身は部活動にもサークル活動にも参加していないので、この辺りはひどく新鮮だ。同じ学内とは思えない。

深い緑色のリノリウムの廊下は、あまり足音が響かず、自分の息遣いも籠《こも》って聞こえる。

その沈黙に耐えきれず、芹は自身のカバンの中でごそごそとしている玄武の片割れの様子を確認する。

「護里ちゃん、退屈してる?」

「してないです！　せりさまとのおでかけ、たのしいです！」

間髪を容《い》れずに返ってきた返答に、心が温かくなる。温かくなるのは心だけでいいので、額の熱っぽさはどうにかならないだろうかともちらりと思うのだが、倒れた愛由花を思い出し唇を噛《か》み締めた。

誰が、愛由花と自分を恨んでいるのだろうか。

団体ごとに使用許可の出ているロッカールームはいくつかに分けられている。芹は使用したことはないが、あれば便利だっただろうし、もし使えていれば火事の際いくつか無事な教科書やノートがあったかもしれないなどと、羨《うらや》ましくも思う。

——名前だけでも、廃墟研究会に置かせてもらおうかな。

……などと自分でも自覚している世迷い事が思考の隅を過《よぎ》るほどだ。

「えーと、徳川《とくがわ》幕府始まり、と」

1の区画の、6列目の3番。振られたロッカーナンバー1−603のプレートを確認して、鼠色《ねずみいろ》の扉の前に辿《たど》り着く。

四桁《けた》の暗証番号をあらかじめ申請しておき、学生課がそのように調節してくれると聞いている。ダイヤル式の鍵《かぎ》の暗証番号は「5963」。

確かに覚えやすいし、ダイヤル錠のセオリーである四桁の初めのほうの数ではなく、後ろ過ぎでもない数だが、ごくろーさんはあんまりではないだろうか。愛由花に言わせると「毎回開けるたびに労《いた》わられてる気分」だそうだが。

ぶーん、ぶーん、と密《ひそ》やかにバイブレーションの気配がする。

中に愛由花のスマートフォンがある証拠だろう。

「せりさま」

カバンの口から、いつのまにか護里が首を出していた。

「いやなかんじです。とても、いやなかんじ」

「え？」

幼い声ながら、その口調はひどく真剣なものだ。

玄武の守護を担当する護里は、見鬼《けんき》の能力に特化した錦ほどではなくとも、危険を見極められる能力がある。

右手に絡まる祈里へと視線を向けると、護里の言葉に反応して鎌首をもたげるが、自分自身では護里の言う「いやなかんじ」を感じ取っている様子ではない。

役目上、危険に敏感でなければならない守護の式神である護里は感覚をやや鋭く調整してあるのだと聞いている。

スマホの振動の気配は途切れている。

芹は少し緊張気味に、護里の入ったカバンを床に置くと、ダイヤルの暗証番号を合わせ、そっと鼠色の扉を開けた。

かた、と噛み合わせが外れた感覚がして、あとはスムーズにロッカーが中を晒《さら》す。中は二段に分かれ、下段には見覚えのある革の2WAYリュックが、ぽつんと鎮座している。上段には綺麗《きれい》に服が畳まれている。スポーツウェアに着替えたのだろう。

ぶーん、ぶーん、とまた単調な振動がリュックから聞こえてきた。

まるで自分の存在を主張するように。

「……まあ、気付いて取ってもらわないとダメだもんね。スマホって」

強張《こわば》ったような喉《のど》の感覚とは裏腹に、あっけないような何もないロッカーの様子に少しだけ拍子抜けした。

片隅に未開封のスナック菓子が一つだけ残っている。

「服を残していくのも嫌だろうけど、友人とはいえ着用済みの服を触られるのは嫌だろうなあ……別に洗濯して届けるくらいは平気だけど。……あー、もう。スマホで愛由花に確認もできない！」

思う以上に友人とのコミュニケーションにスマホは必需品であることに気付き、束の間一人悶絶《もんぜつ》してしまう。ともあれ、普段から愛由花が使っている革リュックを持ち上げた。

持ち上げて……どうやら、その下にスマホを置いていたらしい。ロッカーから引き出されるリュックに引っ掛かるようにして、衝撃保護カバーのついたスマホが、硬い床に落ちそうになる。

「うわ！」

「きゃっち、です」

床にいた護里が、器用に亀の手でスマホを受け止めてくれた。体半分ほどもあるスマホを、掲げて得意そうに芹を振り仰ぐ。

「護里ちゃんナイス！」

暗い画面のスマホを芹へと手渡すと、亀は少し得意そうに胸を張っているが、亀の丸い背中では、今一つよくわからない。ただ、腰っぽい位置に当てる手の動きでいつもより偉そうに見えた。

「……でも、まだいやなかんじ、です」

芹がスマホを受け取ると、護里は心配そうに告げる。その言葉にうなずいて、カバーや機種が間違いなく見慣れた親友の所持品であることを確認すると、自身のポケットへと収納しようとして――

ふたたび、ぶーんぶーん、とスマホが振動する。

その瞬間、スマホの液晶画面が点灯し、アプリにメッセージが届いたことを告げていた。

スマホ上部を流れていく文字列を何気なく視線で追いかけた芹は、つい苦笑する。

「葉山《はやま》さん、まだあゆちゃんに連絡とってたんだ」

送信相手の名前を垣間見《かいまみ》て、小さく息を吐いた。

葉山史《なかば》、ハーブショップ&カフェ『グリーンサマンサ』のバイトリーダーである。

バイトリーダーといえば多少聞こえはいいが、バイトは二人しかいない。そして店長の弟だ。だから、新人のバイト料を多少身内の気安さで裁量できる。というか、していた。

実直な店長は苦笑していたが、弟が提示した下心込みの条件で芹が働き始めても、あの日まではなにも言わなかったし、よくしてくれたと思う。

ロックのかかったスマホだし、中を見る気もなかったが通知くらいは見えてしまう。

愛由花のリュックもついでに回収し、少し迷って服はそのままロッカーに置いておく。

また、ぶーんぶーん、と小さく振動を感じた。

ふと、何か違和感を感じて芹は動きを止めた。

……連絡を取ってる？　葉山さんが？　おかしくない？

いや、自分がバイトに入る前からの知り合いなのだから、何か用があってもおかしくはないと思うのだが。

亀のままの護里が、少し嫌そうな機嫌の悪そうな表情をしている。

それをあやしながら、芹はひしめくロッカーをすり抜けて、学生会館を後にした。

中の薄暗さと、外の明るさに目を瞬《まばた》かせつつ、待たせていた皇臥の姿を探すと、覚えているよりも道の端に寄った位置で、皇臥と友人たちが話しこんでいる様子が目に入った。

「状況が変わったって、どういう風にですか？」

皇臥の声が聞こえてくる。

声をかけようとしたところで、先に皇臥の肩に乗っていた錦のほうが芹に気づいてくれた。ぶわっと全身の羽毛を逆立てている。

希子と夏織はそれに気づかぬまま、少し躊躇《ちゅうちょ》してから、思い切ったように皇臥の問いに答えた。

何の話をしているのか、あとで聞こうとじんわりと好奇心に似た気持ちが芽生える中。

「——……先月、バイトリーダーの葉山さんが、亡くなったんです」

芹の脚が、一瞬動かなくなり、つんのめりかける。

ぶーん、ぶーん、と密やかにスマホはメッセージの着信を伝えていた。

第五章　薫香の呪《まじな》い

1

「うそ」

友人たちと皇臥《こうが》が交わす言葉を聞いた時。手の中で震えるスマホを、思わず投げ捨ててしまいたい衝動が湧き上がった。

しかしそれが友人のものであると気づいて直前で自制し、反対に握りしめたまま指が強《こわ》張《ば》ったように離せなくなる。

じんわりと悪意が染みだしてくるようで、触っていたくない、けれど手放すのも憚《はばか》られた。もういないはずの人からの通知がひっきりなしに届いている。

「……捨てたい、こわい」

「気持ちはわかる」

スマホの振動は定期的に着信を告げていた。そのたびにぞわっと背筋が冷たくなった。

希子《きこ》と夏織《かおり》と別れた車の中で、芹《せり》は真田《さなだ》愛由花《あゆか》のスマホをじっと見つめる。

なぜ、送信相手の名前を見た時、違和感を覚えたのか——思い出した。愛由花は彼と揉《も》めて、唯一の接点をブロックしたと言っていたのだ。

葉山史《はやまなかば》

メッセージの発信相手は同じだ。

ただスペースだけの空メッセージなのか、名前以外の情報は流れてこない。

「なんで……葉山さんの名前で、メッセージが来てるの。ふつー、ないよね。愛由花、葉山さんブロックしたって言ってた」

「IDの名前登録が何かの手違いで入れ替わったりしたんじゃないか」

運転席の皇臥は気休めを口にしているが、手の甲にまでわかるほどの鳥肌が立っている。自分でもちがうとわかっているのだろう。

助手席の芹からできるだけ離れたいらしいシナモン文鳥の錦《にしき》は、運転手側の後部シートを越えて、リアガラスに貼りつくように距離を取っている。全身の羽毛がぼわっと逆立ち、羽毛玉のような状態だ。

「やだやだやだ、それまじきめぇ！　いいから捨てちまえよ芹ー！」

護里《まもり》よりも過剰な反応になっている。

「……きのうは、かんじなかったです。たぶん」

幼女姿で後部シートに座っていた護里が、芹の手元を覗《のぞ》きこみ、困ったような表情になる。昨日、学食で談笑した際に護里は愛由花と顔を合わせているし、彼女のスマホを垣間見たはずだ。

もちろん、錦よりは霊感的感度は低いそうなので、ただ気づかなかっただけという可能性もある。

「どんな奴だ？」

ハンドルを握りながら、皇臥が真剣な口調で問いかけてくる。

「葉山さん？」

皇臥の横顔が頷《うなず》き、どこに向かっているのかと聞こうとした芹は、先に投げられた言葉に少し考えこむ。

「やなやつ」

「祈里《いのり》ちゃん！」

あまりに率直過ぎる四文字を吐き出す祈里に、色々と装飾の言葉を考えこんでいた芹は思わず声を上げた。

そうだ、祈里は十四年間ずっと芹の傍らにいたのだから、知らないはずがない。

「祈里ちゃんはこう言うけど、わたしに向けての感情はあまりいい人じゃなかっただけで、普通の人だったと思う。どっちかといえば陽気で。あゆちゃんのことが好きで、色々とコナかけてたらしいけど、好きな人に働いてもらうためにいい条件出したのに、さっくり袖《そで》にされて別人紹介されたら、いい気にはならないよねえ」

「…………ソ、ソウダナ」

なぜか皇臥が頷きながら遠い目になったような気がした。

微妙に同情的に見えるのは、身につまされる部分でもあったのだろうか。

「でも、働いてる時に意地悪されるわけでもなかったし……ていうか、あゆちゃんの友達だから何かすれば直通だと思われてるのかむしろ親切だったと思うし。まかない美味《おい》しかったし。仕事は面白かったし、あゆちゃんへの下心を知らなければ……あれ？」

芹の言葉が途切れる。

少なくとも。バイトリーダーの葉山は、芹に対して目に見えた意地悪をしているような人ではなかった。芹への当たりについては、表向きかもしれないとしても、後輩に対してまあまあ親切だったと思う。

芹は視線を祈里へと向ける。それに気づいた祈里が、少し困ったような表情になって、なぜか護里の陰に隠れようとする仕草をした。

……珍しい。

「つまり、芹を恨んでいる相手としてはまったく思い当たらない程度には、普通の人だったというわけだな」

「あ。うん。だって、呪詛《じゅそ》なんて恨んで恨んで、死んでしまえって思いながらその憎しみを形にすることでしょ？」

そう考えると、芹としてはしっくりこない。

皇臥の運転する車は、右京《うきょう》にある芹の大学から左京《さきょう》へと縦断していく。百万遍《ひゃくまんべん》を越えたあたりで、藤村《ふじむら》病院に行くと思い込んでいた芹が不審そうな表情になった。

「くそ！　なんでこんな時に真咲《まさき》がいないいんだ！　いれば少なくとも、霊に対するレーダーがふたつは揃《そろ》うってのに！」

ハンドルを握る皇臥が少し苛立《いらだ》たし気に、その一角を叩《たた》いた。

「呪詛の主が、その葉山史って奴なら、何処《どこ》で呪詛を行った？　方法は？　呪詛を解くためには、少なくともそれを見つけなきゃならん。それと同時に、すでに真田愛由花さんに対して、カタチを持った悪意で呪詛が襲い掛かってる。芹と同じように、彼女を守る手が必要だ」

「……皇臥」

「俺は、芹が無事であればいいとぶっちゃけ思ってるが、芹の大事なものだって無事でいてほしい。だが、ぼんくら陰陽師《おんみょうじ》の俺だけじゃ、手が足りないんだ。そりゃあ、北御門《きたみかど》は有能な弟子を抱え込むよな、それはこういう事態のためにだ。今更思い至ったわ」

悔しげにも聞こえる皇臥の言葉に、こんな時なのに芹は微妙に顔が熱くなる。

いや、そんな場合ではないとわかっている。だから、慌てて自身の頬を叩くようにして平静を取り戻そうとする。

「じゃあ……どうするの？」

芹の問いかけに、皇臥は黙り込んだ。形のいい眉がぎゅっと顰《ひそ》められている。

その横顔からでも、内面で何か葛藤《かっとう》している様子が、手に取るようにわかる。

傾きオレンジ色に染まりつつある陽射《ひざ》しの中、車が止まったのはいつも北御門家の軽自動車を駐車している、広い駐車場だった。時間帯のせいか、地元でバスプールと呼ばれている駐車場に観光バスは二台駐車しているだけで、そこにちらほらと土産物の紙袋を提げた観光客が吸い込まれていくのが見える。

ここまでくれば、芹にも皇臥がどこを目指しているのかわかる。

北御門家だ。

皇臥に置いていかれないように、慌てて駐車した車から降り、一歩だけ遅れてついていこうとして——不意に、場違いなほどの明るい声で、呼びかけられた。

「あゆかちゃーん」

軽やかに呼びかけてくるのは、隣の町内会の役員さんだ。北御門家は一軒ぽつりと離れた場所にあるため、ゴミ出しの場所などの関係で、本来割り当てられた住所とは違う町内会に属させてもらっている。

そうする前などは、生ごみは焼却が大変だし、粗大ごみは直接処理場に運ばなければならず大変だったと、史緒佳《しおか》が愚痴っていたのを覚えている。なので、ご町内の人たちとはなるべく愛想よく付き合っている。

「あ、はーい。お久しぶりですー」

愛想よく受け答えする芹に、つい足を止めた皇臥が露骨に嫌そうな表情になる。

「それで返事をするなよ、芹。…………」

注意のような言葉を吐きだした皇臥が、ふと表情をこわばらせる。

「あら、佳希《よしき》くん。さっき、回覧板を受け取ってくれたけど、いつの間に出かけてたの。まあ、うちとしては早めに電子回覧板に変えちゃいたいけれど、この辺ジジババが多いからねえ。北御門さんち、遠いし山道だから届けるの大変よー。あ、アジの南蛮漬けを多く作っちゃったから、よかったら後でおすそ分けに取りに来てね。こないだいい白菜たくさんもらったお返し」

からからと元気に笑いながら早口でまくしたて、少し太めの身体《からだ》を揺らしながら、買い物用のエコバッグを片手に通り過ぎていく。

「あの人、お義母《かあ》さんの家庭菜園のいい取引相手で、色々とおすそ分けくれるんだよね。そっか、回覧板が来てたんだ。如月《きさらぎ》くんが受け取ってくれたみたい…………ぁ」

芹の中で、何かが奇妙に形になろうとしていた。

「………」

きっと、皇臥も同じなのだろう。どこか情けなさそうな、悔しそうな表情で、声にならぬ呻《うめ》きが漏れている。

視線の先では、横に広い陽気な主婦の後姿がご機嫌に揺れながら小さくなっていく。

「――……ねえ、皇臥。今更大前提を崩してごめん、なんだけど」

「言うな、芹」

皇臥に止められはしたものの、確認のために口にせずにはいられなかった。

きっと、一拍早く北御門皇臥は気づいたのだ。

しかし立場を考えれば、遅いと罵《ののし》られてもおかしくはない。

「如月くんが、皇臥にそっくりなのは……如月くんを皇臥と認識させることで、呪詛の標的を逸《そ》らすことができるから、だよね？」

「……そうだ」

苦々しい表情で、皇臥が頷いた。

スポーツウェア姿で、護里と遊んでいる十二天将は、芹でも皇臥と見間違えるほどにそっくりな造作だ。

「ねえ、皇臥。わたし……呪詛にかかってない、と思う」

噛《か》み締めるようにして、二十八代目の北御門家の当主へと、告げた。

「呪詛じゃない。ああ、そうだ、我ながらひどいタイミングで気づいたもんだ」

芹の言葉に、皇臥は頷いた。

「芹は、今、期せずして――真田愛由花の形代になっているんだ」

◇

「ああ、そうだ！　そう気づいたら、色んなことが不自然なのも道理だ！」

自宅へと延びる山道を歩きながら、皇臥は何かに吠《ほ》えるように声を荒らげた。

その歩みはともすれば、芹を置いていきかねない。

「あの廃遊園地で、芹が呪詛の影響を受けなかったのは、すでにその時点で葉山史の呪詛で、『真田愛由花』としての呪詛の影響下に在ったんだ！　そりゃあ『北御門』への呪詛は効かんわ！」

「わたし自身、とっくに真田愛由花として呪われてたから、同じ方向の北御門への呪いは効かなかったってことだね。そういえばあの頃から熱っぽかったんだ」

いつもよりも早足で皇臥の後についていきながら、芹は自分なりに今の状況を嚙み砕いて理解する。

「芹は、普段使いのジャージの名前も『真田愛由花』のままにしていたからな、そりゃあ事情を説明されていなきゃ、芹を真田さんと誤認しているやつも少なくないだろうさ、この北御門家で！　不覚すぎるわ、俺！」

よほど憤っているのか、説明なのか懺悔《ざんげ》なのか愚痴なのか自嘲《じちょう》なのか、わからない状態になっている。

「……笑《えみ》ちゃんに、名前を愛由花と間違えられそうになったなあ。お義母さんが言ってたけど、ゴミ捨て場の奥さんたち皇臥に『あゆかちゃん』っていう女子高生妻ができたとか噂《うわさ》してたみたいだし。そう認識されていた、と」

芹自身も、自分を納得させるために、歩きながら思い当たることを指折り数えた。

「形代《かたしろ》の如月が、芹への呪詛を受け止められなかったのも、『北御門芹』への呪詛を受けとめるはずだったからだ。そりゃあ、真田愛由花への呪詛は範疇《はんちゅう》外だとも」

北御門家の腕木門が見える。今は誰も門番に立っていないが、皇臥の声を聞きつけたのか門の脇の通用口が内側から開いた。

「おかえりーご宗主。芹ちゃん」

にこやかな笑顔とともに、スポーツウェア姿の若い皇臥が出迎えてくれる。

北御門夫妻の呼吸が妙に荒い様子に、十二天将・青竜《せいりゅう》、如月が不思議そうな表情を浮かべていた。

「で、でも、如月くんは、わたしに対する悪影響を、わたしの髪の毛で受け止めてくれてたはずでしょ？　なんで？」

如月に対して、仕草で「ただいま」と返した皇臥は、広い歩幅でそのまま北御門家へと踏み込んでいく。

「如月ができるのは、対象に向けられた呪詛を、アースのように自分自身へと流し受ける……と説明すればわかりやすいかな。芹はすでに、形代として真田さんへの呪詛を受け止めていたんだ。本来芹へのものでない呪詛だから……形代の形代には、なり得なかったということだ」

「……愛由花じゃないっていう否定訂正の面倒くささに、ご迷惑をおかけしてたわけだね、わたし」

情けなさそうに芹が呻くように呟《つぶや》いた。それを耳にした本邸の玄関で靴を脱いでいた皇臥は、ふと動きを止めて芹を見つめた。

「それはちがう」

きっぱりと、皇臥は力強く芹の言葉を否定した。

黒い怜悧《れいり》な瞳《ひとみ》が、真《ま》っ直《す》ぐに芹を見つめる。両肩を、大きな手で力強く正面から摑《つか》まれ軽く揺さぶられる。

「きっかけはそうだったかもしれない。しかし、芹は結果的に親友を呪詛から守ったんだ。それは誇れることだ。後悔するようなことじゃない」

皇臥の黒い瞳の中に、自分が映っているのを、芹は見返していた。

少し泣きそうな、情けない表情に思えて、そんな風に自分を見られるのは嫌だと、唇を嚙み締めて顔を上げて頷《うなず》いた。

「それに……ほんの僅《わず》かでも芹が、真田愛由花と認識され呪詛を受け止めてくれていたから……廃遊園地での呪詛から逃れられた」

「待って、それは鷹雄《たかお》さんが用意した十二天将の形代がまだ観覧車に残っていたから、心配なかったんじゃない？」

「今この時だけは、芹の冷静な判断と記憶力が憎い。……確かにそういう考えもあるが、あいつの用意していた手段で芹が守られたというのは、気に食わない」

目の前のぼんくら陰陽師は、拗《す》ねたような口調になってしまった。

くるりと背を向けて、大きな歩幅で廊下を歩きだしている。北御門本邸の西側へと。

「芹……しばらく、何も聞かず、何も言わないでくれ」

そうなにがしかの決意を込めた硬い声を紡ぐ背中を見つめて――芹は、今は皇臥が振り返らないようにと、ささやかに念じた。

頬が熱い。

今も身体に影響を与えている微熱のせいかもしれないが、それ以上にふわふわと気持ちが落ち着かないのは、呪詛《じゅそ》の諸症状だけではありえなかった。

「貴緒《たかお》！」

すぱん、と小気味いい音を立てて目的の部屋の襖《ふすま》が左右に開かれる。

すぐ目の前に、さらに襖が現れ、三畳間が廊下と奥の四畳半を隔てていると思い出した皇臥は小さく舌打ちをした。

さらに、もう一枚の襖を大きく開く。

「うるさい」

不愛想な声が、皇臥の呼びかけに応じた。

後ろについて行っていた芹からすれば、廃遊園地から回収されて以降、ほぼ北御門家に軟禁状態だった北御門貴緒と久しぶりに顔を合わせることになる。

「……何をしている」

中の様子を目にした皇臥の声が1《ワン》トーン低くなった。

部屋からは懐かしいような電子音が聞こえてくる。とはいえ、芹自身にはあまりなじみはない。

広いとは言えない四畳半の畳の間には布団が一組敷かれ、古いブラウン管のテレビにつながれた旧式の家庭用電子ゲームに興じる十二天将の貴人《きじん》と、大陰《たいいん》が居座っていた。

今は、二組のコントローラーのひとつをパジャマではなく和装の寝巻き姿の北御門貴緒が握っている。

「言っておくが、俺を見張るためにこいつらが持ち込んだんだぞ」

ちゅぼん、ちゅぼんと画面では何やら爆発したような音が響き「GAME OVER」のドット文字が躍った。

貴緒が式神たちを示した時には、隠形特化の執事風老紳士はふっと姿を消し、小柄な老女も芹の目に追いきれないスピード退出を成し遂げている。

「北御門家二十八代目当主として、こんなことは言いたくないが、協力してくれ貴緒」

北御門皇臥は、兄の寝床の傍らに正座し、告げた。

「だが断る」

返事は簡潔だった。迷いもなかった。

やや着乱れた寝巻のまま、再び手持無沙汰《ぶさた》になったのか、貴緒は頭の後ろに手を組んでそのまま布団に仰向《あおむ》けに倒れる。皇臥からギシッと聞き慣れない硬い音が響いたが、歯ぎしりだろうか。

芹に背を向けているので、表情はよく見えない。

対して、北御門貴緒――芹としては、どちらかといえばまだ鷹雄光弦《こうげん》という名の小説家という印象が強いが――は正面から悠然とした表情を見ることができる。長めの髪に縁取られた彫りの深い端整な顔立ちは、皮肉気な表情のせいか色が白いせいか、温かみが全く感じられない。

以前よりは頬のこけが薄くなり、柔らかさを取り戻したようだが、死神のようという印象は払拭《ふっしょく》されていなかった。

「破門したうえに、軟禁している男に何を言ってるんだお前は」

皮肉げに表情を歪《ゆが》め、ニヤつくような口調で笑い飛ばす。

「破門は、ほとんど自分でそう仕向けて、オン出たんだろうが！　……じゃなくて」

北御門貴緒の挑発に乗りそうになった皇臥が、自制している様子が背中からも伝わってくる。芹は、声をかけることもできずに三畳間に正座した。もしかしたら、皇臥を追わなければよかったかもしれないという思考が、ちらりと掠《かす》めたが今更だ。

皇臥は兄の足許《あしもと》に座り、出来るだけ淡々と感情を乗せないようにと、現在の状況を貴緒へと説明している。

芹の体調不良は、親友の真田愛由花の呪詛を受け止めているがゆえだったこと。

真田愛由花は病床にあり、呪詛の影響が色濃いこと。

「俺だけでは、手が足りない。貴緒もわかるだろう、推定術者である葉山史が、どういった呪詛を施したのか。呪具の有無。呪詛を行った場所を調べ、真田愛由花の身の安全を守る。俺だけじゃ無理なんだ。俺だって、お前にこんなこと頼みたくない。しかし他に手がないんだ！」

北御門貴緒は、天才陰陽師《おんみょうじ》だと芹は聞いている。

確かに、その片鱗《へんりん》を廃遊園地で目撃している。

「芹を助けたいが、俺じゃ力不足だ、貴緒……力を貸してほしい」

「鷹雄さん。お願いします。力を貸してください」

何も言うなとあらかじめ注意されていたが、皇臥だけに膝《ひざ》を折らせるのは違うと、芹も同じように頭を下げた。頭を下げて、懇願する。

芹の言葉に、皇臥が驚いたように僅かに振り返った。

「野崎《のざき》芹の状態を戻すだけなら簡単だ。お前で十分事足りる」

寝ころんだまま、北御門貴緒が冷ややかに言い捨てた。兄の言葉に弟が眼《め》を丸くする。

その表情に、死神のような印象の男は、にやりと底意地の悪い笑みを投げた。

「何もしなけりゃいい。呪詛の標的の真田って女が、呪詛を満願成就させてやれば、形代はお役御免だ。つまり、死ぬのを待てばいい」

「な……！」

芹が反射的に激高しかけて、膝が浮き上がる。

その様子を見ても、男は眉《まゆ》ひとつ動かさなかった。

「本来は呪詛《じゅそ》対象よりも形代のほうが早く壊れるものだが、偶然の産物でクッソ出来の悪いいい加減な形代だ。呪詛の影響を弱めるくらいが精々だったんだろう、だから野崎芹はその程度の影響ですんでいる。遅かれ早かれ呪詛は果たされるさ。よかったな」

「それを！　させたくないからお前にこうして頼んでいるんだ、貴緒！」

貴緒の冷ややかな言葉に、怒りのままに何かを怒鳴ろうとした芹とは逆に、皇臥の言葉は軋《きし》むように押し殺されている。押し殺して、ゆっくりと一言一言嚙《か》み締めるように、歯の隙間から押し出すような声音だった。

「確かに、俺は芹から呪詛の悪影響を取り除きたい。だが、それを芹の気持ちを……大切なものを無視して、奪って成し遂げるようなことをしたくない。俺は、夫として、芹がようやく手に入れた大事な場所も、人も、気持ちごと全部守りたいんだ」

「――……どの口で」

クッと冷笑が貴緒の唇から洩《も》れた。その冷笑にビクリと皇臥の肩が跳ね上がるのが芹にも見えた。

皇臥の懇願は届いていない。

もどかしい。しかしそれ以上に――こんな時なのに、皇臥の言葉に胸が痛くなるのを感じていた。

不快、ではない。もちろん、貴緒の態度は不遜《ふそん》で不快で、許されれば横っ面を張り倒してやりたいとすら思うのだが。

皇臥の言葉が、嬉《うれ》しい。内側から形のない熱い何かが膨れ上がるような、不可思議な感覚が胸から喉《のど》をせり上がるのを感じる。

「貴緒！」

「うるさい、大声出すしかできんのかお前は」

冷徹に、言い捨てられるにべもない言葉に、皇臥が一瞬声をなくす。

「……ハ！　頼み方ってものがあるよなァ、佳希。……わかるか？」

奇妙に粘着めいた口調で、ゆるりと半身を起こした貴緒が、口唇《くちびる》を歪めた。軽く手を振り、他の言葉などいらないというように、犬でも追い払うかのような仕草だ。

「…………ぅ」

皇臥が、小さく呻《うめ》く。

凛《りん》とした正座の姿勢から、腰を浮かせてその場に伏すように震える手を畳について、深く頭を下げた。

土下座の姿勢だ。まるで、貴緒の床に縋《すが》るかのように布団を握りしめて言葉を絞り出す。

「……おにいちゃんッ、たすけて……！」

血を吐くような声で、皇臥は叫んだ。

低くよく通る大人の声で、まるで子供のように、助けを求める。懸命なのだ、懸命なのだとわかっているが――

目の前の、死神じみた無表情な端整な顔が、にやぁり、と歪んだ。

口唇を吊《つ》り上げ、まるで目の前に大好きな玩具か餌を投げられた瞬間の、残酷な猫科の獣のような笑みだ。

いわゆる、満面の笑みである。

「ふん、まあいいだろう」

鼻で嗤《わら》うような声も、微妙に弾んでいるようだ。

軽く弾みをつけるようにして貴緒は立ち上がり、寝巻の襟元だけを正し、虚空へと声をかける。

「律《りつ》、何か着替えをよこせ」

「二つ隣の間に、用意してあります」

心得たように老女の声が隣の部屋から響いた。

そのまま、北御門貴緒は伏した姿勢のまま動かない、皇臥を一顧だにせずに部屋を出ていく。外からかすかな襖を開け閉めする音が聞こえたところによると、どうやら服を着替える気のようだ。

皇臥は、まだ動かない。

やがて、ごとりとそのまま横倒しになった。不貞腐《ふてくさ》れた猫のように、芹へと顔を向けずにいる。

「……皇臥が、鷹雄さんを嫌いなわけがちょっとわかった」

何と声をかけていいのかわからず、芹は皇臥の顔を見ないようにしながらその横に腰を下ろした。丸めた背中と腿《もも》が少しだけふれあい、ぬくもりが伝わる。

――男は、面子《メンツ》の生きもんです

そのぬくもりを感じながら、ふと芹の耳に昼間の史緒佳の言葉が過《よぎ》った。

――あの子は、ほんに、見栄《みえ》っ張りでしてな。嫁の前では、ええ格好しいで……

二十年以上皇臥を育てた人の言葉をぼんやりと、言葉なく芹は噛み締めていた。

面子というものの大事さを、芹は今一つわからない。

それでも、今ここで転がって、しょんぼりとしているのは、その大事な面子もプライドも、芹のために投げ捨てられる人なのだ。

格好悪くて――格好いい、と思うのはおかしいだろうか。

圧倒的な力も、財力もなく。けれど、自身のわずかに持っているモノすら投げ出して、どんな手段を使っても北御門芹を守ってくれようとしている。

そーっと、手を伸ばして拗《す》ねた肩をとんとん、とあやすように叩《たた》いた。

やだ、というように皇臥の肩が少し揺れる。

その様子がなぜか可愛《かわい》く見えて、芹は無自覚に笑った。

見栄っ張りで、格好つけで、一生懸命に芹の前では虚勢を張ってくれる人。力不足で、嫌いな兄に対しても、土下座して懇願しなければならなくて。普通ならばみっともないだろう、男としてどうなんだとなじる人はいるかもしれないが――

――……、かも。

心の中で、芹は言葉にならない感情を呟《つぶや》く。たぶん、今の柔らかくて温かい気持ちを示す単語だけれど、それを声にするにはまだ至らない。

けれど、何かが自分の中ですとんと納得できたような気がした。

彼が張る虚勢も、見栄も、いつか本当にできるよう支えたい。

「……あいつは、本当に。いつも……俺の一番嫌なことを見抜いてきやがる」

背中を向けたままの皇臥が、力のない声で呟いていた。弁解のように聞こえたが、そんなものが必要だと芹には思えない。だからこそ、芹はできるだけ優しく、誤解しようのない率直な言葉を紡いだ。

「かっこよかったよ皇臥、ありがとう」

落ち込んで拗ねた色を隠さない切れ長の目が、そろそろと窺《うかが》うように芹を振り返る。

「……もう一回」

そう請われて視線が合うと、ひどく恥ずかしくなって視線があらぬ方を彷徨《さまよ》った。

「鷹雄さんって実はお義母《かあ》さん似だよね。笑った時の顔、会心の悪戯《いたずら》を成功させたお義母さんの笑い方そっくりだったよ、悪魔というか魔王感マシマシだったけど」

「うわぁあああああ」

トラウマを刺激されたのか皇臥が唸《うな》りながら、布団の上をのたうち回りはじめていた。しまったと思ったが、吐いた言葉は元に戻せない、そんな言葉を芹は反省とともに、遠い目で思い出していた。

2

「佳希。葉山史と縁の深そうな場所を洗い出せ」

長く寝ていたせいでよれよれになっていた寝巻から着替えて戻ってきた北御門貴緒は、まず第一声で家長であるはずの弟へと命令していた。

貴緒が北御門に運ばれてきた際に身に着けていた服を、律が洗濯して手入れしたのだろう。糊《のり》のきいた黒いシャツに黒のスラックス、ノータイでジャケットを身に着けている。そのせいか、黒ずくめでも死神感はやや薄れていた。

「さすがに、コートと手袋は外したか。三十路《みそじ》の癖に厨二《ちゅうに》全開だったからな」

立ち直ったらしい皇臥が厭味《いやみ》ったらしい口調で、兄を煽《あお》っていたが、鼻で笑い飛ばされただけだ。

「からくりが読めれば、事は単純だ。呪詛《じゅそ》はド素人の悪戯レベル。本人も効くとは思っちゃいなかっただろうさ。むしろ、惚《ほ》れた女に向けての呪詛なら、恋愛成就的な方向だったかもな。女々しいことだが」

そう口にしながら、貴緒は北御門家の腕木門の通用口をくぐる。

どこか油断のならない視線で周囲を見回したように見えたが、ふとそのジャケットの背中部分がぎゅうっと猫の子を運ぶように、透明な何かが掴《つか》む形に絞りあげられた。

「そのくそ野郎は頼んだぞ、伊周《これちか》」

「承知いたしました。もと契約者に無体を働くのは忍びませんが、必要とあらば」

虚空から芹のよく知る枯れたような男性の声が聞こえてくる。今は伊周が、貴緒の見張り番ということになっているようだ。

「くそ。今契約してるデカブツについて行けばいいものの。何のために使いに出したと思ってるんだ」

「伊周を追い払うためとは思わねえよ」

互いに毒づく兄弟の応酬に、つい先ほどまでのあの話の通じない殺伐としたやりとりをしていた相手だろうかと、少し遅れてついていく芹は不思議な気持ちになる。

「でも、伊周さんも一緒に来るなら車がだいぶ重量オーバー気味になるんじゃない？」

駐車場へと足を運びながら、芹は小さな危惧《きぐ》を口にした。

北御門家の自家用車は、こぢんまりとした軽自動車だ。見た目だけなら三人だが、姿を消していても伊周が同行するのだ。おそらく、姿を消していても重量は消えない。走っているうちに車の重さにタイヤが底付き感を覚えるのではないだろうかと、芹としては少し心配だ。

「警察に捕まらなけりゃいい」

「そりゃそうなんだけど」

違反をしているわけではない——人間は三人しか乗っていないし。

いや、しかし積載重量を考えると……。

「呪詛対象である本人に直接会えば、ある程度はどこから呪詛が来ているのか方向性はわかるかもしれんが、時間帯的に面会は怪しいだろう」

芹の物思いをぶった切るように、貴緒が己の腕時計で時間を確認し、肩を竦《すく》めた。芹も自身のスマホを取り出して画面を見れば、あと10分ほどで20時といったところ。

藤村病院の病棟の面会時間は20時までだ。以前に調べたので、知っている。

「こっそり忍び込むのは、得意技ですが？」

足早に車へと移動する最中に、枯れたように落ち着いた渋めの声音が、滑り込む。

「いい加減この古狸《ふるだぬき》に、北御門家の事情より一般常識や規則を優先させることを覚えさせろ、佳希」

「伊周に関しては、俺に言うな。遠いご先祖に文句を言え」

早足のまま兄弟は相変わらず言い合いをしている。全く足が緩まないのは見事なものだと芹としては感心するしかない。

兄と仲良く喧嘩《けんか》しているようにしか見えない皇臥の頭上に落ち着いていたシナモン文鳥が、一瞬バタバタと羽ばたいて、自分の存在をアピールした。

「おい、主《あるじ》！　オレがいるぞ！　そのあゆかってやつ、オレが見てやる！　多分、呪詛の元凶とのつながりがあるていどわかると思うぞ」

「わかってる。ぶっちゃけ、お前を呼んだとき、何で不躾《ぶしつけ》でも真田さんの病室に入っていかなかったのか、今更後悔してる」

「紳士なのが仇《あだ》になったね」

芹も皇臥のボヤキに深く頷《うなず》きながら、北御門家の車を置いている駐車場へと足を進める。

そのころには観光バスはまったくいなくなっており、そのせいかがらんとして見える。街灯がつき始めており、青白いその光の中で、小学生男子が鋭くバットを振り回して練習をしていた。

駐車場の階段の下では、制服姿の若い男女が離れがたそうに、近い距離で話をしている。その真ん前をぞろぞろと突っ切っていくのは、なかなかに申し訳ないものがあるが、男たちはまったく気にしていない。

いつもの、北御門家の車を置いているスペースの側に、一台の灰色のセダンが駐車していた。いや、運転席に人がいるので停車というべきか。

ファン、と甲高いクラクションが短く一瞬だけ響き、注意を引くと窓ガラスがおりて顔を出したのは北御門史緒佳だった。

「遅い」

「お義母さん！」

半分身を乗り出すようにした史緒佳へと、芹がいそいそとスキップ状態で近づいていく。

芹が近づいた分、史緒佳がたじろぐように車内にひっこんだ。

「どうせ、移動に足が足りまへんやろ。友人から、一台調達してきましたわ」

「……行動するのに、手どころか足も足りないとか。しかも見透かされてるとか……」

「みんなに支えてもらえるのはいい当主の証《あかし》ってことだよ、多分！」

後ろで呻《うめ》きつつ肩を落とす皇臥へと、芹が慌ててフォローする。

「むしろ介護」

あまり響かないはずの低い声が、こんな時にはクリアに耳に届く。

「ま、それくらいには一時期北御門は瀕死《ひんし》でおしたからなあ」

「兄貴と母親がまったくフォローしねえのすげーな」

「行動をフォローしてもらえれば、それで十分だ。ありがとう母さん」

肩にとまった小鳥の呟きを軽く流し、皇臥は小さく母へと頭を下げた。

「で、どっちがどこに行きますの」

体を乗り出した窓とは反対側の左手で、器用にスマホを弄《いじ》りながら史緒佳が問いかける。

「え？」

「車を借りてきたんは、うちの移動にも不便やからでおすけどな。大体のいきさつは、聞いてます。呪詛なら、相手の呪具を見つけるか、想《おも》いの強い場所にいくか、呪われてはる相手を直《じか》で守るかが常套《じょうとう》手段ですやろ」

「いきさつ聞いてるって……」

芹の今の状況を一から説明したのは、貴緒にのみだ。

それプラス、十二天将・玄武と朱雀《すざく》の式神たちくらいのものだろう。いや、よく考えれば神出鬼没の貴人と大陰も聞いているかもしれない。

「はーい、犯人はおれ！」

一行の真後ろから聞き覚えがあるのに、やたらとハイテンションな若い声が響く。

気付けば、青竜の如月が得意満面に胸を張っていた。ついてきていたのを気付かなかったらしい。

「ご宗主が土下座《ゲザ》ってる間に、史緒佳に電話しましたー！　ご宗主、おれとはわりと役目上ツーカーなんだから、気を抜いたらダメでしょ、つつぬけよ？　だから口酸っぱくしてメンテしろって言ってんのに」

ご陽気に声を弾ませている式神には、芹が今まで出会ってきた式神たちとは大きく異なる部分がある。声も、姿も、一般の人々に視《み》えるのだ。それを示すよう、駐車場に降りる階段下に立っていた若いカップルが、訝《いぶか》し気にこちらを見ている。

青竜の青年は、悪びれもせずに軽やかにそちらに向けて手を振ったりしているが。

嫌なことを思い出したのか、皇臥は軽自動車のルーフにごちごちと額を打ち付けていた。

「形代って、当主の影武者って聞いたけど、そんなこともできるんだ」

「そ。おれが優秀なんよ。ご宗主が知ってて、おれが知らん事色々あったら困るでしょ？影武者として不都合出るし。さすがに、集中してないとだめだから、ラグも出るけど」

褒めて褒めてと投げたボールを持ってきた大型犬のような状態の若皇臥に、芹はひきつった笑みを浮かべる。窓から乗り出した史緒佳は微妙な表情になっている。さすがに、実の息子そっくりの式神というのはなかなかに複雑らしい。

「一応、色々と調べておいたんですわ。今、グループで送りましたえ」

史緒佳がそう口にしたのと同時に、ぴろんとアプリにメッセージの到着する音が、響く。

北御門家で作っている、主に夕食状況等を送るための家族グループだ。時々緊急のバイトに入らされたり、思いがけず付き合いで夕食が必要なくなる時に通知する。皇臥と史緒佳はたまに夕食のリクエストを送ってくる。

その史緒佳からのメッセージには、葉山史の住所、事故の場所や詳細が張り付けられていた。

「芹さんのバイト先の店主に会いにいく言うてましたやろ。そしたら、店主がお務めくろてるいうやないですか」

「おつとめ？」

史緒佳の言葉に、芹は意味を把握しきれず首を傾《かし》げた。

「懲役」

「はぁあああ!?」

自身のハーブショップが閉店した経緯の一部を伏せられていた芹は、史緒佳の簡単な説明に思わず高い声を上げてしまった。

皇臥が、しまったと天を仰ぐ。

呪詛主が大体知れた時点で、皇臥としても友人たちの意をくみ取って、あとで詳細を話すべきだろうと思っていたが、先に史緒佳が店まで踏み込んでいたことを忘れていた。

「医薬品医療機器等法でしたやろか。さすがに、販売となると不起訴とはいかんかったようですな。裁判所で記録見てきました。面会まではどうかと思いましたんで、他にお店に詳しい人に芹さんの話聞こと思て、調べてみたんですわ。で、店主の弟さんが先月事故で亡くなってはったの、見つけましたんよ」

ネットのニュースにもならなかったのだろう。粗い画像の新聞記事をスマホで写して添付したようだ。ただその新聞の片隅で、見覚えのある名前がバイク事故を伝える記事に載っているのを見て、芹は気持ちが重くなるのを感じる。

――交通事故を見るのは、心楽しいものではない。

「……本当に、葉山さん亡くなったんだ。変な話だけど、今実感した」

スマホの画面を見つめながら、芹がぽつりと漏らす。

「あゆちゃんにしたことは人としてどうかと思うけど、わたし自身にはあまり当たり障りのなかった人だしなあ……複雑」

「さっき、貴緒も言ったが、おそらく呪おうとして呪ったわけではない可能性が高い。どれだけ大きい拗《こじ》らせ感情かは知らんが、人間行き詰まったら色々と理屈に合わない行動でもしようとするだろう」

「というと？」

「神頼みとか、お百度とか、丑《うし》の刻参り。占いにジンクス。何かせずにはいられない感情に突き動かされることはある、それにハーブといったら、スパイスやアロマや漢方だけじゃなく、西洋では魔女がおまじないに使うものでもある。身近にそれに触れていれば、ばかげていても縋《すが》りたくなるものだろう」

せせら笑うような貴緒の言葉を聞きながら、軽自動車のドアを開き、皇臥は芹に助手席を指し示す。

「可愛《かわい》さ余って憎さ百倍的な？」

「いや。さすがに人でなしの癖に甘ったるい恋愛小説を書けるだけあって貴緒の考察はまあまあいい線だと思っている。恋愛成就のまじないだった可能性は、低くないだろう。例えば『ずっと一緒にいたい』『もう一度会いたい』。そう願ってのまじないだったら、死んだ後にどう変化するかはお察しだ。まじない相手が生きてるか生きていないかで、意味がものすごく変化すると思わないか、痛っ！」

「…………あー」

さりげなくディスった実兄に何か投げつけられた皇臥は言葉を途切れさせた。何を投げたのかと拾ってみると、キシリトール配合ミント系の粒ガムのボトルだ。その間芹はしばし考えこんで——どちらも怖いが、確かに死なれているとよりも、もう一度会いたいが物騒な意味合いに変化していると一人頷く。

「もとより、まじない《マジナ》いは呪い。同じものだ。良きにつけ悪《あ》しきにつけ対象の意志を無視して、その行動や運命を捻《ね》じ曲げたいという一方的な願いからくるものだ」

身も蓋《ふた》もなく乙女的でもないが、貴緒の注釈に納得できなくもない。

「本質は同じ。おそらく失恋相手に、女々しく縋《すが》るだけのただのまじないが、本人が死んだことによって、呪詛《じゅそ》へと強まったんだろう」

　芹はもう一度、小さな死亡記事に視線を落とした。

　事故の日付は、先月末――春休み後半、愛由花は体調不良だと愚痴っていたし、自分も少し後から自覚しつつあった気がする。

「符合した、かも」

　芹としても頭を抱えたくなった。

「芹。葉山史なら、どこに呪詛の呪具を残すと思う？　わかるか？」

「わかんないけど、ハーブショップは唯一あゆちゃんが赴いてくれた場所だし、間違いないと思う。あとは、お義母《かあ》さんが調べてくれたお家《うち》とか……事故現場、とか……どれもあり得そうな気がする。ごめん、ホント周囲見てないなわたし」

　生前のバイトの先輩を思い出し、芹は懸命に思考を巡らせるが、もともとあまり興味がなかったこともあって、一般的な思い付きが精々だ。

「いや、普通バイトリーダーの好きな場所とか、人間関係とか知ってるもんじゃないだろ。俺が変なことを聞いた」

　すぐに前言を撤回し、皇臥は芹を助手席に乗せながら窓を開けて、窓越しに史緒佳へと声をかける。

「母さん、貴緒を連れて芹のバイト先に行ってくれ。何かの痕跡《こんせき》は残ってるはずだ」

「わかりました。一回行ってますさかいな。まかせなはれ」

「お義母さん、お店の裏側に小さなハーブ園があるんです。そこの管理は、店長と葉山さんでした！　わたし、ほとんど入れてもらえなかったです！」

史緒佳は指先でOKサインを出しつつ、ウィンドウを閉めている。よく見ると、何かに引きずられるような姿勢で、北御門貴緒は史緒佳の車の後部座席へと吸い込まれていく。

……まあ、誰の仕業かは芹にも大体わかった。

「まず間違いなく面会時間過ぎるな。真田さんに、あらかじめ連絡を取ることはできるか……あー」

車を発進させながら、皇臥は芹に確認しようとして途中で気づいたらしく視線を彷徨《さまよ》わせた。

真田愛由花のスマホは、現在芹が持っている。

現代の対人関係、スマホなくしては窮屈なものになるものだ。

「無理だな！」

「あ、いや、待って。たぶん、イケる」

さっくりと諦《あきら》めてどう忍び込むかの算段へと思考を切り替えようとした皇臥に、芹がスマホのメッセージを新しく入れ始めた。友人たち——椋本希子《くすもときこ》と平塚夏織《ひらつかかおり》は、病院にいるかわからない、面会時間を過ぎる前に帰っていてもおかしくない。

そして面会時間外であっても、例外的に面会が許される関係者もいるのだ。

——入院患者の、肉親親類関係。

「沙菜《さな》、ごめん。迷惑かけるけど、ちょっと甘えさせて」

芹がスマホでやりとりする様子を見つつ、皇臥が車のエンジンをかけようとした時。

「ご宗主ー」

ひらひらと手を振りながら、がらんとした駐車場に佇《たたず》んで手を振る青竜の式神が声を上げた。小指に絡んでいた、黒い髪を皇臥に見えるように解《ほど》いて、ひそやかな風に流す。

「おれ、必要な時は、迷わないでね。おれの意味、無駄にしないで」

「……祈里がいる。如月、今は……お前は必要ない」

青白い街灯に照らされた翳《かげ》りない自分と同じはずの笑顔を向けられ、皇臥は口唇《くちびる》を噛《か》み締《し》めた。

◇

八城《やしろ》真咲は、昼からしばらく運転し続けであった。

もともとアクティブに動き回るのは得意だし好きだったが、自分のものではない車を長時間運転するというのは別の緊張と体力の消耗を強いられるものだとしみじみと思う。

後部座席には、小さな犬の人形がちんまりと座っている。風雨にさらされてやや薄汚れてはいたが、それより気になるのはコンビニの弁当の空き箱や総菜用のパックが捨てられる余裕なく、まだ同乗していることだ。

『さばまるファンシーランド』に放置されたままだった、北御門貴緒の車である。

いくつかの車両を挟んでいるせいで今は見えないが、少し遅れて、自分のミニバンを運転してくれている本間翔《ほんましょう》も、同じように帰路についているはずだ。

単純な距離だけで言えば、片道3時間ほどで往復できるはずだが、高速を降りて廃業した遊園地までの道のりが長い。

そして、中に入って指示されたスマホだのパソコンだの観覧車の形代だのを回収してくるのに時間がかかってしまった。ついでに、言われていなかったポータブル電源も回収しておいたが、このままガメてもいいだろうかなどと悪い気持ちもくすぐられる。あれば、廃研の活動に便利そうだ。

バックミラーで薄汚れた肉まんのような形の巾着のお守りがゆらゆらと揺れている。初めて見た時には思わなかったが、北御門貴緒の人となりを僅かでも知ると、こんなお守りをつけたままというのは、少し不思議にも思えた。

「あ。またなんか来やしたぜ。んでも、この漢字なんだっけ。伊周《これちか》め、難しい字ィつかうなっつの」

先ほどから入るようになったスマホへのグループメッセージの確認に、信号に引っ掛かるたびに、八城は画面のメッセージ内容を、助手席の白虎《びゃっこ》に読み上げてもらっている。大体の流れを、最近アプリにIDを登録した伊周が、流してくれているのだ。

「あ。くっそ、また消えた！　八城、画面触れ」

スマホの読み上げ機能に徹していた武者袴《ばかま》姿が機嫌悪そうに声を上げた。白虎の式神はスマホのタッチパネルに反応しないらしい。なので時々隙を見て、定期的に画面に触れてやらなければならない。

「古株は、こういうのに対応してねえんでさ。祈里護里も多分、してねえ」

「じゃあ、なんで伊周さんはオレのタブレットで遊べんの？」

「伊周は、あの格好でしょ。大将に直訴して、衣装……手袋にその機能がついてんのよ。本人の指じゃ無理。ほら、人間でもつけたままスマホ触れる手袋あるでしょ」

八城はぼんやりと、執事姿の伊周の姿を思い出した。

「自分らの本体に影響与えるような改造は、さすがに大将でも複雑だし、どこに影響出るかわからないから無理でさあ。けど、衣装に紛れてちょこっと簡単な機能を付加させるくらいはねぇ」

自慢なのか、武者姿の灰色の髪の青年は上機嫌に答える。

また新しく浮かび上がるメッセージを読みあげている途中で画面が暗くなり、珠《たま》は思わずスマホを投げようとして、慌てた持ち主に宥《なだ》められることになる。振り上げた腕から袖《そで》が捲《まく》れ、しっかりとした長い腕に薄くひびが入っている様子が目に入って、一瞬八城が息を呑《の》んだ。

怪我《けが》をしたのではない。痣《あざ》でもない。ただ、ひびが入っているのだ。

それは、隣の灰色の髪の青年が、人でないことをこの上なく明確にしめしている。

その表情にバツが悪かったのか、珠が動きを止めてたくし上げられる形になった袖を戻し、さらに虎の形へと変じた。

「大将にゃ、ないしょ、な」

ふっかふかの毛並みに隠された腕のひびはもう八城の目では確認出来ない。やや悪戯《いたずら》にかりと顔全体で笑った虎は、片目だけつぶって見せた。

「――……珠、師匠たちにメッセージ送っといて」

「あ？」

虎の形になって尻尾《しっぽ》をうねらせ拗《す》ねている式神へと、道沿いのコンビニ前に一度車を停止させた八城が、カーナビに触れながら声をかけた。

「その、葉山って人の事故現場、もうすぐオレら割と近いところを通る。オレが珠と見に行くって」

「むーりー」

頷《うなず》きつつも、殊更見せびらかすように、大きな肉球で触っても何ら反応しないスマホの暗い画面を示しながら、白虎は白い鼻先に皺《しわ》をよせた。

◇

高橋沙菜にそのメッセージが来たのは、そろそろ面会時間が終了することに気付いて、病室で帰り支度を始めていた時だった。

病気のせいか妙に弱気な父親が、しょんぼりと引き止める言葉を探す空気を滲《にじ》ませている。それを見ないようにする口実で、セルフレームの眼鏡を指で押し上げ、スマホの液晶画面を流れる文字列を目で追いかけた。

「あ。芹ちゃん……」

昼間に慌ただしくメッセージを送って、混乱させてしまった気がするが、大丈夫だったろうか。

そんなことを考えながら、病室を出て全文を確認する。

少し慌てたような、時折誤字の交じるメッセージだ。

《ごめん、沙菜》

《ちょっと無理なお願いする》

《面会時間過ぎて、愛由花に会いに行く予定》

《ダメなのわかってるから、てびきおねがう》

《たぶん、勤給《きんきゅう》》

本人らしくない文面だけに、きっと慌てていたのだろうと察することができる。

なので返事には迷わなかった。

《了解。裏側の外来窓口に来て》

救急外来などの、時間外の受付はそちらにある。

時折、救急車も入ってくるのだ。

しかし、なぜ滅多に使わないような漢字変換になっているのだろう。経済学部というのに関係してるだろうか……多分、してない。

緊張感のないことを考えながら、ちょっと泣きそうな情けない顔で娘を引き留めようとしている父親を置いて、「また明日」と容赦なくエレベータで一階へと降りていく。

面会からの帰り支度と見送りで少しだけ雑然とした病院一階フロアに着いた時、ふと見覚えのある人物とすれ違いそうになって、足を止めた。

「公叔父《きみおじ》さん」

今にもエレベータに乗り込もうとしていた、白髪交じりの40がらみの中年男性だった。

守矢《もりや》公人《きみひと》――少し猫背で、冴《さ》えない風貌《ふうぼう》をしていると思うのは、身内の遠慮のなさからか。

「沙菜ちゃん。おや、ちょうど入れ違いか。昼間、会えなかったから義兄《にい》さんの顔見ていこうと思ってね」

「そうなんですか。淋《さみ》しそうにしてたから、喜ぶと思いますよ」

自分が病室を後にするときの、父親のしょんぼりとした姿を見ていた沙菜は、思い出し笑いとともに頷いた。

「きっと、いっぱいお見舞い押し付けられると思います」

自分の持ち物である紙袋を、ちらりと見せる。なかには、仕事関係や友人たちからであろうお菓子や果物がたっぷりと詰まっている。

「……現金なら受け取るなー」

「またそういう」

緩んだ口調の軽口に、沙菜としても苦笑するしかない。

「じゃあ、気を付けて。僕も顔出してすぐ帰るつもりだし」

父の妹、叔母《おば》の結婚相手。関係としては義理の叔父は、沙菜の通う大学で准教授を務めている。色々と話題が豊富なので、話していて楽しいし、彼自身も沙菜を気にかけてくれている。

「沙菜ちゃんに、あまり病院は良くないからね」

「……え？」

話をしていたので一度は乗り損ねたエレベータの再びの到着音に、守矢の注意が一瞬まぎれた。意味を測りかねて、首を僅《わず》かに傾《かし》げるうちに、叔父はエレベータの箱へと吸い込まれていく。

病院のざわめきが一瞬遠いものに感じられて、奇妙な感覚に戸惑ったものの、高橋沙菜は頭を振って正面玄関ではなく、裏側へと足を進める。長く舗装されたカーポートは今はがらんとしていて、緊急車両用の入り口も今は静かだ。たばこ休憩している白衣姿をちらほら見かける。手続き用の小さな受付窓口は受付係が席を外しているのか今は閉まっているが、そのうち開くだろう。

不意に。

けたたましいサイレンの音が、頭の中いっぱいに広がる。

赤い明滅。目が痛いような白い光が同時に視界に瞬《またた》く。

——……え。

確かに、クリーム色のビニル系床の裏口廊下に立っているはずなのに、自分の身体《からだ》が真っ直ぐに立っていないような感覚に襲われた。

いたいいたいいたいいたいいたいいたい

どうしてどうしてどうして
いやだやだやだだだだだだ
なんでなんでなんであああああああああああああ
「ひぃ」
雛鳥《ひなどり》のようなか細い声が、高橋沙菜の口から洩《も》れる。
その声が、多分一番大きい。耳に確かに届いたはずなのに、身体全体に、頭の中に、悲鳴にならないような混乱した思考が流れ込む。ただただ苦痛と混乱のみに塗りつぶされて
──息ができない。
「ふ、ぁ……」
振り切るように視界を巡らせるも、周囲は静かなものだ。甲高い緊急のサイレンを聞いた気がするが、救急外来は今は静かなものだ。
ただ深く呼吸をすることを意識したのは、後輩の言葉を思い出したからだ。
──高橋先輩、繊細みたいなんで……ヤバいってときは、無視してなにか別のこと考えたほうがいいっすよ。
じゃあ何を考えようか──

「高橋さん！」

不意に呼ばれて、身体をびくつかせる。視線を向ければ、裏口から入ってきたのは同じサークルの顔見知り、二階侑吾《にかいゆうご》だ。少しだけ茶色に抜いた短髪に、くるくるとした黒目がちの顔立ち。沙菜はこっそりと柴犬《しばいぬ》みたいと思っている。

「二階くん？」

「いちお、真田さんのご両親からお礼言われまくったんで、顔だけ出して挨拶《あいさつ》しとこうかと思って。面会終了直前なら、すぐに帰れるからいいかと思ってさ、話題ないからって気まずくならないでしょ？」

そう言いながら手に提げた紙袋に、京都銘菓が入っているのを見せる。

「そっか。なるほど。……なぜ、地元銘菓を地元の人に……」

つい小さく笑ってしまったが、その瞬間には先ほどの嫌な感覚が霧消する。そのことに沙菜は胸を撫《な》でおろした。

「あ。二階くん、あとで、芹ちゃ……えっと、北御門さんが真田さんのお見舞いに来るかもって、真田さんに伝えてくれる？　案内していいって？」

「北御門さん？　了解、伝えとく。だめだったら高橋さんにメッセージ送るわ。北御門さんのＩＤ登録してねー」

少し不思議そうに答えて、顔の横でスマホを揺らし、二階は軽やかに廊下を早歩きで、歩き出す。面会時間を気にしたのだろう。

小さくなっていく後姿に、なぜか混乱する。

身体中が痛い。

頭の中に関係ない思考が巡る。

沙菜は耐えきれず、待合用のベンチに崩れた。

なんでなんでなんで

ぼくはあえないのにあいにきてくれないのにあいたいあいたいもういちど

いちどじゃいやだもっとずっといっしょにああああああいたいいたいいたい

ふと、香ばしいような親しみある香りが鼻腔《びこう》を擽《くすぐ》った気がする。

何が何だかわからなくて、沙菜は自分の身体を抱きしめるようにして、硬いベンチに縋《すが》った。一部破れてウレタンがかすかに飛び出しているのを見て、赤い血がそこから溢《あふ》れて止まらない幻視が過《よぎ》る。

「……ろーりえは、きもちを、ぼくにむけ、る」

謡うように沙菜は自分自身が思ってもいないような言葉を紡ぎ出した。
どこか虚《うつ》ろで、まるで自分のものじゃないような潰《つぶ》れた声音。
「たいむは、とぎれた、えんの、しゅうふく」
ローリエが何か、タイムが何かはそう口にする沙菜も知っているものだが、だから何なのかと悲鳴を上げたいのに声が出ない。
かさり、と何かを踏みしめる音が高橋沙菜の頭の中に響く。
なんであいつはいいのあいつはよばれるのゆるされるのいたいいたいいたいいたい
ぼくはぶろっくされたのにとどかないのに
しにたくないいやだこわい
なんで、こわい？　いたい？　くるしい？　かなしい？
――……あいつの、せい
こっち、みてくれない　あいつの

3

「──というわけで、奥まで中から開きました」

街灯のみが照らす、薄汚れたウィンドウの店前で、背の高い黒い服の男と、老婦人と呼ぶには躊躇《ちゅうちょ》するかもしれない姿勢のいい短い髪の婦人が並んで立っている。

立っているだけなのに、もう長い間閉ざされていた扉が、かろんと錆《さ》びかけたドアベルの音とともに開いた。

ただし、二人の目には恭しく屋敷《やしき》に招待するかのようにタキシード姿の老紳士が、扉を押さえて一礼している。

「北御門のこういうところは、倫理的に好かん」

「指紋つけなはんなや、貴緒。テンコも、服汚さんように」

苦々しいような呟《つぶや》きとともに、住宅街の人々の目に留まらないうちに、二人とも堂々と開いた扉から中へと滑り込む。

カウンターに椅子が全部上げられており、荒れて淀《よど》んだ空気と舞い上がる埃《ほこり》で店全体が濁って見える。

「奥まで開いたんだな」

「はい、鍵《かぎ》は全部私が」

己の髭《ひげ》を白手袋の指でしごいて、貴人の式神はわずかに得意げに背を伸ばす。

「……ふん。いわゆるハーブを使っての呪術《じゅじゅつ》となると、野崎芹の言っていた通り奥が有力か。ハーブ園だったな」

人目につく前にさっさと終わらせようと、早足の大股《おおまた》で店を横切ろうとした貴緒が、ついてこない母親を一瞬だけ振り返った。別に邪魔なのでついてこないこと自体はどうでもよかったが。

史緒佳はゆっくりと暗い店内を見回している。

「……こんな近いところで、こんなお店で、働いてたんでおすな……」

埃だらけの厨房《ちゅうぼう》は、店の規模を思えば広めで設備も整っている。容易《たやす》く、ここに立つ芹の姿を想像できそうだった。

「おいババア」

「テンコ、蹴《け》りなはれ」

先に行くぞと暴言で促す次男を振り返りもせず、史緒佳は己の式神に容赦なく制裁を命じた。

◇

葉山史のバイク事故は、転倒して車両に巻き込まれたと記事にはあった。

薬物使用の可能性を疑われたようだが、その結果は書かれていない。

付き合ってくれた本間翔には礼だけを伝えて、別れ、八城はその交差点へと車を走らせる。本間もパソコンや電源回収の際にこっそりと追加で廃遊園地の写真を撮っていたようなので、それを高橋沙菜をデートに誘う口実にするつもりだろう。

とっととくっついてくれねえかな、面倒くさいし。などと後輩としての雑な感想が頭の隅を過ったが――その一角が、冷える。

普段は、見ようなどと思わない。

自分から見ようと思うのは、廃墟研究会の活動の時くらいのものだった。

事故の注意を促す立て看板。

あまり高くない建物に囲まれた、やや見通しの悪い交差点の横断歩道脇に枯れ始めた花束が二つほど置かれている。真新しい死亡事故現場に対する注意喚起の看板もだ。

八城は以前、古い霊と新しい霊の違いを漬物で表現したことがある。

それに合わせれば、かなり浅い漬かり具合――というか新鮮なキュウリそのもののような、曲げればぱきっと音を立てて水気を飛ばすのではないかと想像できる、新しい死の感覚が間近に在った。

「……がっつり、残ってます。……師匠」

「祈里つれてくりゃよかったかねえ」

交差点の近くに一度車を停止させると、珠の暢気な感想を聞きながら八城はハンドルに額をこすりつけてぼやくように呻《うめ》く。

アスファルトにべったりと貼りつく残滓《ざんし》のような人影に、八城は気持ちのチューニングを合わせる。霊感の強い八城にとっては、その感覚はラジオのチューニングを合わせる感覚に似ている。

普段は意識しないざらざらとした雑音のような無数の存在だ。そのひとつを拾い上げるように耳を澄ませ意識をむけると、周波数が合うような感覚で声がクリアに耳に届き、影が意味のある形となって焦点を結ぶ。

何もせず意識しなくとも目に飛び込む存在もあるが、テレビの点《つ》けっぱなしにしていたチャンネルのようなものだ。相性もあるし目に入ってくるときにはどうしようもない。

いたいいたいいたいいたいいたい
どうしてどうじてどうしてどうし

事故の状態のまま、混乱した思考がそのまま垂れ流されている。たぶん、その霊は八城を意識できていない。眉間《みけん》にしわを寄せた八城が、それからは視線を背けた。

ずるずると糸のように伸びる奇妙な意識の残滓が視《み》えた。

「……あー。そうか」

何となく、八城はシャッター時間を長くとり、フィルムに長く尾を引く星の動きを写し取った写真を思い出した。

死の間際のほんの短いはずなのに、引き延ばされた長い時間が、この場に焼き付けられたのだろう。

「追いかけるか」

渋々、八城は自分のミニバンへと足を向けた。

「でも、これ普通に死霊だよな。呪いじゃないからはずれか？」

だいじょ　まだあえ
だってそうねがった
ずっといっしょ

◇

ハーブショップ&カフェ『グリーンサマンサ』の裏手は、芹の言葉通り小さな温室と畑になっていた。

ここには鍵のかかった店と違って悪ガキが忍び込んだのだろうか、幾分荒らされている痕跡《こんせき》が目についた。

いや単に前に警察が色々と押収していっただけかもしれない。

「おい。隠す気も無かったぞ、あいつ」

遠慮のない不躾《ぶしつけ》な視線でつまらなそうにハーブ園を眺めていた貴緒が、シジミチョウに似た式鬼を飛ばしていた中で、不意に動きを止めた。とんとんと靴の踵《かかと》で、花壇に似た囲いの際を蹴るように示すと、伊周が自然とその場を掘る。

テンコも手伝うように、庭の片隅に片付けられていたスコップを取りに行って帰った時には、伊周は埋められていた小さなビニール袋を掘り出していた。

「普通は、こんなすぐに出てきまへんのや」

軽く振ると、ひどく軽く、かさかさとビニール袋は乾いた音を立てる。

「そういや死人への呪詛《じゅそ》返しってことになるな。普通に祓《はら》うことは珍しくないが……さすがにやったことはないな」

楽しそうにビニール袋の中身を検《あらた》めながら、貴緒が嘯《うそぶ》く。

史緒佳の基準ではお世辞にも性格がいいとは言えない息子ではあるが、彼の得意分野でもある。

「さすがに、仏さんにひどいことはしとうありまへんな。穏便にえ」

「それはこいつ次第だな」

鼻歌でも歌い出しそうな様子で、北御門貴緒は無造作に袋を開けて、それを逆様にした。

中から大量の落ち葉や小枝、乾いた草が落ちる。一番最後に、ひらりと風に乗って金色の折り紙が旋回しながら落ちてくる。

それを見た瞬間、北御門貴緒は爆笑した。

「わははははははは！　なんだこりゃ、中学生かよ！　いやそれ以下だな！　小学何年生とかの雑誌でも参考にしたか！」

容赦なく笑い飛ばす様子に、史緒佳は沈痛な表情を浮かべる。

おまじないに縋《すが》るほど、追い詰められたり重い想《おも》いを背負ったりする客人は北御門家にもよく訪れるのだから、さすがに大爆笑する気にはなれなかった。

金色の折り紙でハートを折って、中にはひたすら茶色いインクで名前が書き連ねられている。

真田愛由花。サナダアユカ、さなだあゆか。

「……血文字ですやろか」

「呪詛というよりも、完全に両想いのおまじないってやつだ。出所不明でまったく根拠も意味もない。こんなことしてる暇があれば、追いかけてストーキングでもしてくれりゃ他の奴らが対処しやすかったろうに」

「それもバッドエンドですがな」

袋にいっしょに詰められていたのは、枯れた葉のようなローリエ、小枝のようなシナモン、ディルウィード。ほとんどが乾いて粉々になっているので、他は判別がつかない。

「この割りばしは使用済みとかそういうのか、余計な方向にばっかり行動力がありやがるな。死人にならなきゃ、こんなくそザコ呪《まじな》い、絶対に影響なんかしなかったぞ。そりゃこんなみみっちい術どころかそれ以下、北御門の形代で反応するかよ！」

歪《ゆが》んだ笑みとともに楽しそうに袋の中身を漁《あさ》る息子を、史緒佳としては遠い目で見守るしかない。

「燃やすぞ。少なくとも、呪詛はそれで終わりだ」

散々楽しそうに、成人男子の恋のおまじないを罵倒《ばとう》した後、死神のような北御門家次男は、ご機嫌に立ち上がった。

「あとは、ご本人の執念がどんなもんか見物だな」

◇

藤村病院の裏側には、見舞客の車を置くことは禁止されている。緊急車両の取り回しに不都合が起きる可能性があるからだ。

とはいえ診察時間、面会時間が過ぎれば正面玄関は閉じられる。

なので駐車場に車を置いてから、裏口に回るという一手間が必要になるのだ。

「芹、車止めておくから裏口で高橋さんと合流しておくといい」

「わかった」

短いやりとりで、最短距離になる場所で一度車を止めてもらい芹は、藤村病院の裏口へと小走りで駆け出した。左右に護里と祈里もともに走ってついてくる。

裏口は明かりがついているが、しんと静まり返っている。

こちらから入るのは初めてで、芹はさすがに少し緊張する。本来は面会が許される立場ではないし、誰かに見咎《みとが》められれば、沙菜に口添えしてもらうしかないのだから。

「……芹ちゃん？」

ふと声がして振り返れば、小さな時間外相談用の待合室で、ベンチに力なくもたれかかった沙菜の姿を見つけた。慌てて駆け寄るも顔が真っ青で、荒い呼吸を繰り返してる。

「沙菜！　どうしたの、どこか体調が……」

「ごめん。わかんない、変な悲鳴みたいな声がずっと聞こえて……今は平気」

もともとか細く弱弱しく見えることとすらある高橋沙菜だが、このところはずっと元気そうだった。だから、今のように憔悴《しょうすい》して見えるのは、年末に親しくなって以来だ。

虚勢を張っているのはすぐに分かったので、ベンチにきちんと座らせるように手を貸そうとした。

傍らの護里が、硬直したようにじっと沙菜を見つめている。

「あ」

沙菜のスマホが反応する気配がした。

きっと、芹と同じようにアプリからメッセージが届いたのだろう。少し座って落ち着いたところに、小さなバッグからスマホを取り出した。

「……あ。二階くんだ。さっき、真田さんのお見舞いに行ってね」

少し硬い表情ながら笑顔をつくって、沙菜はメッセージ画面を芹へと見せる。アカウントは二階のものらしく《OK、真田さん早く自分のスマホ欲しいって、元気そうっした》とメッセージと小さなイラストが蠢《うごめ》いていた。

「ぁ」

不意に、沙菜が吐き戻しそうな表情を浮かべた。

口を空虚にぱくぱくと動かし、空気を吐きながら言葉が紡がれる。それは沙菜自身の声には、間近にいる芹には聞こえなかった。

「あぁ、あ……あああああああああどうして、どして、ど、してよばれ」

その声音を吐き出す沙菜自身が驚いた表情をしている。

思わず、芹が沙菜から一歩引いたのは、怖かったからではない。後ろから護里に思い切り引っ張られたからだ。

「ぼくはだめなのによばれないのにあいにきてくれないのにもうこないてひどいことといわれたのにこえもとどかないのにきいてくれないのに」

ピッチが壊れたレコーダーからのような声だった。

沙菜自身が、恐怖で左右に首を振っている、怯《おび》え切った瞳《ひとみ》が、眼鏡越しにたすけてと訴えているのがわかる。

「祈里ちゃん！」

「……かんでいいですか、せりさま」

普段なら躊躇《ちゅうちょ》せずに芹の言葉に従う祈里が、この一瞬だけ迷いを見せた。

「あのなかにいる、です。かめば、さなも、きずつけます」

「中止！」

祈里の言葉に芹も撤回を迷わなかった。それと同時に、裏口から黒いトンビ姿が飛び込んでくる様子が視界の隅に映った。北御門皇臥だ。

すでに毛玉のようになってぴるぴると震えている錦が皇臥の襟の中に入っている様子を見ると、何が起きているのかは大体察して飛び込んできたらしい。

「いる！　そのなか、その女の中に男がいる！　めっちゃ羨《うらや》ましがってる！　もう一回会いたいのに会えない女に呼ばれたやつ、妬《ねた》ましすぎて……」

何か怖いものが見えているのだろう錦が、恐怖を振り払うようにもう一度大きく震えて、しゃんと体勢を立て直す。きっと祈里に鼻で嗤《わら》われたからだけではあるまい。

「臨……！」

指で刀印を組み、沙菜へと向ける。

びくりと沙菜が戦慄《わなな》くが、涙ぐんだような潤んだ眼《め》と表情なのに、口から吐き出される言葉は彼女自身のものではない。

「ぼくにはあいたくないってなのになんであいつはいいのそいつはいいのずっとずっとあいたくてだからぼくはそのせいでいそいであぁでもいまならいいたいいたいいたいいたいこわいこわいいっしょにいてぼくはしぬのおまえのせいでおまえのせいで」

「…兵、闘、者、皆、陣、列、在、……前！」

「でもいっしょいっしょいっしょにいるいられるいたいいるために」

まるでつられたように不自然に背が仰《の》け反る動きが、皇臥が左右上下に指を薙《な》ぐたびに止まろうとする。

「ねがったいっしょけんめい。だから、いっしょのびょういん……きたきてくれた」

芹は護里の手を振り払うようにして、不自然に身体《からだ》を捩《よじ》らせる沙菜を押さえようと抱きしめた。そうすると、皇臥の九字の力もあってか、垂れ流しだった言葉が消えて、口唇《くちびる》がかすかに震え、泣きそうな表情で縋ってくる。

「くそ」

微弱にしか効かない己の九字切りに苛立《いらだ》った皇臥が、ふと己の裡《うち》ポケットが不自然に膨らんでいることに気付く。

何だったかと探って——硬い感触に辿《たど》り着いた。

「高橋さん、口開けて」

少し強めにそう言いながら皇臥が震える沙菜の唇に、薄水色の小さなタブレット型ガムを押し込んだ。

「噛《か》んで」

頷《うなず》きとともに、歯に当たったのか、反射的にかりりと小さな噛み砕く音がした。

ふわっと清涼感ある香りが広がった。

まるで苦いものを味わうように、ぎこちなく咀嚼《そしゃく》していた沙菜の表情が、次第に緩んでいく。

「噛《か》みながらゆっくりと呼吸して……そう。深く吸い込んで」

二つ三つ、さらに沙菜《さな》に噛《か》ませようとする皇臥《こうが》を、息を詰めるようにして見守る。

「なに、それ」

「ミント系のガム。本当はヤナギハッカがいいんだが、一応クールミントってことで和薄荷だな。ミント系は魔術系でも浄化の効能を持つといわれている」

「胃もたれ緩和、リラックス、鎮静薬とか虫よけ効果なら知ってる。お店で習った」

少し落ち着きを取り戻したように見える沙菜の背を軽く撫《な》でながら、芹は皇臥を見上げる。呼吸が深くなり、自然と覚えのある香りが強くなった。それとともに身体《からだ》のこわばりも解けていく。

「ミント……薄荷は基本的に生薬として漢方でも使用されるが、ハーブとしては魔術的効能として浄化系の力を持つとか持たないとか……」

「こら」

少しずつ自信のなくなっていく皇臥の声音に、思わず芹が突っ込む。

「いや、それでも一応勝算はあったというか！」

見せつけるように皇臥が取り出したガムのボトルを振ると、まだ中身は充実しているらしくザラリと重めの音を立てる。

「……みぃつけ、た」

ガムの音に紛れ、呼吸を震わせていた沙菜の密《ひそ》やかな呟《つぶや》きとともに、細い身体のこわばりは溶けて……その瞳が、複雑な色合いで芹を見た。

そのまま崩れて床に倒れこみそうになる。

「沙菜、沙菜……大丈夫？」

「あ……あ、やだ、私、なんで……」

喘《あえ》ぐように呟く沙菜が、自分自身で言葉を口にしようとして、一瞬戸惑いそして大きく息をついた。小さく咳き込むが、口中のガムは吐き出そうとしない。

「なんか、入れ物みたいになってたんだよ、そいつ。たった今、その女ごと行くのやめたみたいだけど……」

錦の言葉に、ぞわりと芹の膚《はだ》が粟立《あわだ》つ。

カサリと、枯葉を踏む音が聞こえた。それとともに、何か微《かす》かに薫る。強いミントに紛れた、よく知る香りだ。

「……ポトフ」

「何を言ってるんだ、芹」

「ごめん！　なんだろ急にそんなこと思い出したの」

そんな、感想が全く脈絡なしに思考に浮かび上がってきて、そんな自分に芹自身が驚く。

二度、三度、瞬《まばた》きをした沙菜が声を震わせた。

「……ローリエ」

ミントの呼吸とともに、沙菜が弱弱しく呟いた。

「気持ちを向けるおまじないって……なんか、懐かしかったな。似たようなこと、中学の調理実習で雑学交じりに……」

「そうだ、ローリエ！　煮込み料理の時に使うの。なんかその匂いがした。お店では、消化の促進と、防虫、炎症に効果があるって聞いたっけ」

ふとバイト先で学んだ雑学を思い出して手を打った。手を打って……それを教えてくれたバイトリーダーを思い出し、芹は複雑な気持ちになる。

「おまじないにも効果があるらしいな。たった今、貴緒が爆笑しながら全部燃やしてやったと、母さんから連絡があった。これで、あれは形を持った呪詛というよりただの執念だ」

あゆか

今度は声帯からではない声がうつろに響く。

静けさに包まれた病院の廊下は、騒げば誰かが来るはずなのにその様子はない。

「あいつ……葉山ってやつがハーブの効能に縋《すが》って呪詛《じゅそ》をかけてたなら、多少眉唾《まゆつば》でもミントの効能で浄化作用は強まる、と思った。思い込みっていうのは、諸刃《もろは》の剣だがこの場合はいい方向に作用してくれたな」

「ああ、それで……沙菜にガムの香り思いっきり吸い込ませたと」

皇臥の硬い声音に芹は一応納得しておくことにした。

待合室の一角が異様に黒ずんで、影のようなものが揺らめいていた。なにやら、糸のように一部が異様に伸びて、引きずっている。

あゆかあゆかあゆかみいつけたやっとあえたそのせいでぼくはああでもいいやどうでもいいやいたいいいたい

「ああ、そうか。わたしいま、愛由花の形代だっけ」

背後から聞こえる落ち葉を踏みしだく音に、これは呪いに使ったハーブを砕く音だったのだとようやく芹は理解した。

そう口にした瞬間に、腕を引かれて沙菜ごと皇臥の後ろに隠された。

芹の視界いっぱいに皇臥の背中が広がっている。

「見るな。お前にはもったいない」

そう告げる表情は見えなかったが、ふと思い出したように芹は沙菜を支えていないほうの腕を、彼へと後ろから巻き付ける。

今は、自分があの影……かつてのバイトの先輩には、愛由花そのものに見えているのだろう。

「悪いけど、お付き合いは勘弁！　まだわたしは死ぬ気ないし！　一緒は無理！　絶対に無理。ていうかお世話にはなったけど、そこまでの恩は感じてないし」

あゆかあゆかあゆか

いたいいたいいっしょにいっしょに

ずるりと床を這《は》うように形の崩れた影が近づこうとしている。

「はいそうです愛由花ですけど、葉山さん、正面から好きとでも言ってくればちゃんと振り倒せたのに！　思わせぶりだったり匂わせだったり、そのくせ特別扱いして誘い出そうとしたりそういうところ、苦手だったってサナダアユカは言ってました！」

「……うっわー」

「……見事に振り倒しちゃった」

皇臥の呻《うめ》きが、少しだけ嬉《うれ》しそうに聞こえたのは気のせいだろうか。

息の乱れた沙菜の呟きは、事情がわからないなりに恐縮しているようにも聞こえる。

「もう直《じか》に本人に言えないなら、こうして代理の愛由花が引導渡すしかないし。あんな変な呪詛《じゅそ》されたなら、これくらいのぶっちゃけは許されると思う！」

あゆか

「あゆかは、あなたが別に好きじゃない。でも、わたしは……お世話になってちょっとだけ後輩として感謝はしてるのに」

一瞬、芹へと向けて伸びようとする影から目を伏せた。あのバイトは、好きだったのだ。下心の産物とはいえ、待遇は悪くなく。友人が遊びに来てくれて、ハーブやスパイスの知識を得るのは楽しかった。それは、決して嘘《うそ》ではない。

気付けば一番前に、いつでも動けるように護里が立ちはだかっていた。

皇臥の頭の上に移動した錦は、芹たちに見えない存在がどこにいるのかをしっかりと見据えている。

「祈里ちゃん」

祈里は合図を待つように、ちらりと芹へと視線を送っていた。

いやだあゆかいたいよくるしいよひとりはいやだいやだなんでぼくだけ

「できるだけ、優しくお願い」

長い不調を思うと恨みは感じるが、知っている人だけに申し訳ない気持ちも湧き上がった。目で祈里へと合図した芹に小さく祈里も頷き返し、前傾姿勢が揺らぎ――。

「ありがとうございました葉山さん」

芹が礼と謝罪に頭を下げようとした瞬間。

ひゅう、と背後から風が吹いたように、思った。

「え？」

「なに？」

その風を感じたのは、皇臥と芹だけのようだった。間近で庇《かば》われていた沙菜がきょとんとしている。

風が、待合室の一角をかき混ぜるように吹き揺らいだかと思うと、苦鳴を漏らし蹲《うずくま》る影は、声にならない声を上げて引き裂かれたように見えた。

まるでかまいたちに触れたかのよう。一瞬で、影は霧散した。

「貴緒!?」

「ちがう、主《あるじ》！　そっちにはもういねえ！」

錦の言葉に、反射的に風の方向を振り返った皇臥だが、長い廊下の先には誰もいない。

褪《あ》せたような色合いの照明に白々と緑色の廊下が照らし出されている。

視線を戻せば、もう呻くような姿は失《う》せていた。まるで、気配ごと消失したかのように。

「何が起きたの？」

芹の目にも、何があったのかはわからなかった。皇臥の呼吸がかすかに荒い。

「……わからない。ただ今のは……式鬼《しきおに》、だった」

静かな裏口に面した廊下には、人払いの結界を張っていた。

もしやと、思ったのが功を奏したようだ。義兄に顔を見せた後、すぐに義理の姪《めい》を追いかけた。

がらんとしたエントランスで、誰もいないソファに伸び伸び身体を伸ばし灰色の髪の准教授はうっすらと笑う。

「……困るんだよね。沙菜はまだ使い道があるんだ」

骨ばった指先を組み合わせ、その狭間《はざま》から見える口唇《くちびる》が歪《いびつ》に結ばれていた。

「何のために、あの子のさばまる行きを阻止したと思ってるんだか……変な影響出たらどうしてくれる」

笑み混じりの瞳に、口唇だけはへの字。ぼやくように呟《つぶや》きながら、ゆらりと男は歩き出した。

終章

「あの藤村《ふじむら》病院、葉山史《はやまなかば》が運び込まれてたみたいっすよ。まあ救急で運び込まれる病院は限られてるんで、考えてみたらご近所なら不思議でも何でもないっすよね。師匠たちがいた時はびっくりしましたけど」

遅い夕食は、食べ終われば下手すると次の日になっていそうな勢いだ。

ソファで、玄武《げんぶ》たちと遊ぶ役目を授かっていた八城真咲《やしろまさき》は、あの後すぐに皇臥《こうが》や芹《せり》たちが茫然《ぼうぜん》としていた場所に辿《たど》り着いた。

藤村病院の裏口である。

妙に伸びる霊の痕跡《こんせき》を追ってきたそうだ。

「だから、その場所に足を踏み入れた高橋《たかはし》さんに憑《つ》いたんだな」

深く息をつき、皇臥はダイニングの席について、身体《からだ》を伸ばしながら読み損ねた新聞を広げている。

「高橋さんは感受性が強いみたいだからな。霊媒体質というか、憑かれやすい体質なのかもしれん。霊感そのものがないから自覚できていないが。いや、それはともかく――」

別れた際に八城が沙菜《さな》を家まで送って行った。

吐きそうな表情になりながらも、笑って小さく手を振ってくれた友人の姿を思い出し、卵液を溶いていた芹は肩を落とす。

「……ホントに今回は沙菜に迷惑、かけた。かけるかもしれないとは思ったけど、こういう方向とは思わなかった。嫌な方向に盛大に……」

「そうだな。後日改めて謝罪に行こう。貴緒《たかお》に鷹雄光弦《たかおこうげん》名義のサインでも書かせて持っていくか。ファンなんだろ？」

「それ、わりと本気で喜んでくれそう」

皇臥の言葉に、芹は力強く頷《うなず》く。

キッチンに弾《はじ》ける油の音と、規則ただしい包丁の音が響いている。リビングのテレビは、錦《にしき》と如月《きさらぎ》が並んで見ており、如月の途切れていた知識の補完をしている。

「あ、この芸人知ってる」

「最近、ネットのほうで有名だぞ。律《りつ》と伊周《これちか》がたまにゲーム配信見てる」

「……あの老人式神たちから、タブレットを取り上げたほうがいいんじゃないだろうかと最近思い始めた」

十二天将という格式あるべき存在が、現代風俗へと馴染《なじ》みきってバージョンアップされていくスピードに主人のほうがついていけていないようだ。

その渋いような皇臥の表情を盗み見て、芹は小さく笑った。

芹の表情に気付いたのだろう、表情をただした皇臥が、乗り出すようにしてキッチンの様子を覗《のぞ》きこもうとした。

「今日の献立は？」

「久しぶりに、ピカタ。なんか作ってみたくなっちゃって」

芹の答えに、一瞬だけ皇臥が硬直する。

「鷹雄さんが、なんかすごくハーブ持ってきたの。お土産だって」

「……ハーブ。ハーブ、あ、そう……ふーん」

殺される寸前まで呪われたバイト先のメニューを、その日のうちに作ってみようとする芹の逞《たくま》しさに、皇臥はわずかに頬がひきつるのを感じた。

「サーモンと、ポークどっちがいい？　サーモンの場合は朝用の塩鮭《しおざけ》になるけど」

「豚で」

皇臥もこういう時の選択肢には迷わない。応《こた》えてから、微妙にハーブの出所を気にして懊悩《おうのう》してしまうのだが、さすがに兄も変な場所から調達したような品物を、家族に供するようなことはないだろう。たぶん。

じゅう、と油の密《ひそ》やかな心地よい音は、否応《いやおう》なく腹の虫を直撃する。

「——…ま、考えていても仕方がない、最初の毒見は貴緒の役目だ」

割り切りも早かった。

「ええ匂いやねえ。何、カツか何か？」

本邸に赴いていた史緒佳《しおか》が、いそいそとした声でキッチンへとやってきた。

「お店のメニューを久しぶりに再現してみたんですけど、お義母《かあ》さん鮭と豚、どっちがいいですか？」

「うー……ん」

悩む史緒佳の唸《うな》りを聞きながら、皇臥はふと思い出したように、リビングのソファで八城に遊んでもらっている双子たちへと近づいていく。

「あるじさまー」

護里《まもり》はご機嫌に手を振って主人を迎えてくれるが、祈里《いのり》は八城の膝から相変わらず表情薄く、ちらりと皇臥を見ただけだ。それを気にせず、傍らにさりげなく屈《かが》みこんだ。

「？」

「……ちょっと、不思議に思ったんだけどな祈里」

出来る限り声を低め、皇臥は玄武の片割れに囁《ささや》きかけた。ふと、何かに気付いたようにテレビを見ていたはずの如月が立ち上がり、八城の首にぶら下がっていた護里を回収して、また錦とともに番組鑑賞へと戻っていく。

キッチンでは芹がピカタを焼く傍らで、史緒佳がまだ豚か鮭かで悩んでいるようだ。悩みながら、副菜のブロッコリーとマッシュルームのサラダをつくっている。

祈里は無表情に、けれど少し警戒気味な色合いで皇臥を見上げていた。

「基本的に、芹は何かを任されても慎重だよな。自分だけのことならわりと無茶もするが、周囲に合わせるようにルールを守ろうとする。嫁に来た時から、北御門《きたみかど》家のやり方に合わせようとしてくれてる様子からもわかるよな。ダメだと言えば一度も貴緒に会いに行かない。北御門のタブーにも敏感だ。一線引いてるともいうが」

ひそひそとした囁きは、キッチンへは聞こえていないだろう。もっともソファの八城には聞こえている。

「おかしいと、思ってたんだ。芹がバイトを首になったきっかけは、芹が勝手に触っちゃいけないハーブに触れたからだって言ってたが。色んな家をたらい回しになっていたおかげで、各々《おのおの》の家のルールに敏感な芹が侵すとは考えにくいミスだ。……なあ。祈里」

最後の式神への問いかけの声の調子は、実兄に似ていないだろうかと八城は密《ひそ》かに息を殺している。さりげなく席を外すべきか。しかし玄武の片割れは今八城の膝の上である。

動けない。

ぷい、とそっぽを向くようにしてその場から離れようとしかけた祈里が、軽く皇臥に押さえられる。

「お前、芹がハーブショップの話題を口にするたびに、さりげなく挙動不審だったろ。腐っても主人が気づいていないと思ったか」

ハーブショップを話題にする、そのたびに祈里は彼女らしくなく芹から離れていくのだ。

皇臥はずっとその様子を見てきたのだから。

「………だって。あのまませりさま、いたら。あぶないです」

ぽつり、不満げな様子を滲《にじ》ませながら祈里が吐露した。

「気づいてたのか。『グリーンサマンサ』がヤバいもの扱ってるって」

「おみせ、おきゃく、おはなし、いのりきいてました。だから」

開き直った様子で、白い髪の幼女は胸を張った。誰にも見えないボディガードは、芹のために密かに情報収集をこなしていたらしい。なるほど、店の人間――葉山に対して「やなやつ」と断定できる根拠を祈里自身は密かに持っていたわけだ。

「だからいのりが、いけないくさ、こっそりぐちゃっとしました。ぜーんぶ。……せりさま、すごく、おこられてました」

堂々とした宣言は、しかし後半で萎《しお》れてしまう。祈里なりの罪悪感があったのだろう。

「祈里」

「あい」

怒るなら怒れと、口唇《くちびる》を引き結んだ玄武の片割れの頭に、皇臥は手のひらを置いた。そのまま、白い髪を乱すように掻《か》き回す。

「よくやった」

「ええー」

祈里に膝を貸していた八城からは思わず疑問めいた声が溢《あふ》れたが。それを気にせずに皇臥は鼻歌でも歌いださんばかりに機嫌よく祈里を抱き上げた。

「芹には内緒にしてやる。何しろバイトのクビが芹の結婚の決め手だそうだからな、お前はいいアシストをした。俺のピカタを少しやろう」

いいのかそれで。師匠と不愛想な式神のやり取りを聞いていた弟子としては、つっこまずにいられないのだが、護里と一緒にテレビを見ていたはずの青竜もこちらを振り返って同じ顔をしていることに気付き、微妙なシンパシーを感じる。

男と女って、わからない。

「……そういや、さっき二階《にかい》先輩からメッセージ来たんすけど……もしかしたら、経済学部の子と付き合うかもって。芹先輩これ、もしかして……」

むしろ、わからなくもないが展開速度がおかしいだろうと思ってしまう男女を思い出し、八城は何気なくキッチンへと声をかけた。

「ああうん。わたしたちが沙菜を巻き込んで一階で慌ただしいことになってる時に、どういう超展開が行われたんだろうね、それはそれとして愛由花《あゆか》いきなり彼氏爆誕おめでとう！」

振り返った芹が、八城へと頷《うなず》いた。その情報は、少し前に芹のスマホに愛由花本人から伝えられている。

入院中の夜だけに、消灯も早く暇なのだろう。さっきからうるさいほどにスマホにメッセージが届いていた。連続着信は葉山史のメッセージを思い出して、やや怖いものがあったが、大半はのろけっぽいので今はスルーしている。

「とりあえず、本間《ほんま》先輩が二階先輩の爪《つめ》の垢《あか》を要求してるっす」

「あの若旦那《だんな》、ポテンシャル高いのにそういうとこ残念だと思うぞ」

祈里を抱えて、少しご機嫌な主人へと弟子を含めた十二天将がすべて「お前が言うか」の視線になったのは言うまでもない。

「せやけど、倒れた時にきびきびと看病して、救急車呼んで、家族に連絡してくれたんですやろ？ それはちょっと運命感じてもしゃあないんと違います？」

「なるほど、運命。わたしとしては、お義母さんはお義父《とう》さんにどんなふうに運命を感じたのかぜひお聞きしたいですね」

恋バナについつい乗り出すように口を挟んだ史緒佳へと、芹もこの際とばかりに口を出す。一瞬ぐっと言葉を詰まらせると、史緒佳は宙を見て、右を見て左を見て、考え込み。

「……ま、追々と」

歯切れは悪いながらも、史緒佳ににべもなく拒否はされなかったことに芹は密かにガッツポーズである。

「俺としては、両親の恋バナとか気まずいので、食卓では勘弁してほしい」

「じゃあ、遅い夕食になったけど、あと少しで全員分焼けるから、さくっと食べちゃおうか。皇臥、鷹雄さんの分持って行ってくれる？」

「おい如月」

「え。おれ、珍しく起きてるの許されてると思ったら、そう言う役回り？」

やや雑な皇臥の声掛けに、不満そうに同じ造作の顔が応《こた》え、言葉ほど不満そうでもなくトレイで一人分の食事を運び始める。

「……貴緒が、食べる前に変な躊躇《ためら》いを見せたら、速攻報《しら》せろ」

「鷹雄さんに毒見させなくても、わたしが味見してるってば」

皇臥の鷹雄に対する警戒に苦笑しつつ、芹は皿を並べ、白い湯気を上らせる炊き立てご飯をよそい始める。

久しぶりなせいで火加減に対する勘が鈍ったのか。いくつかのピカタが焦げ付いて、僅かに史緒佳から不満の声が漏れたものの。

ハーブの香りがほのかに弔いのように流れる中、北御門家の食卓はいつも通りににぎやかで、それがこのまま続くものであると誰一人疑ってはいなかった。

あとがき

お久しぶりでございます。秋田《あきた》みやびです。

またまた大変お待たせいたしましたが、ようやく『ぼんくら陰陽師《おんみょうじ》の鬼嫁　七』をお届けすることができました。

今回のお話は、一巻を書いていた頃から、その裏のお話として設定していた流れでした。ちゃんとシリーズ化したら披露することもできるかなと思っていたので、こうして形にできてとても嬉《うれ》しいです。

北御門《きたみかど》家も一人増え、存在だけ明言していた十二天将・四神最後の一人も起きてきました。色々特殊な式神くんです。どちらも北御門皇臥《こうが》にとっては色々と面倒くさい存在です。

今巻の皇臥はあまり格好良くない、情けない側面ばかりが強調された形になっているかもしれませんが、秋田としては皇臥はそれなりにいい男だと思っています。皆様の目にはどう映るでしょう、ちょっと心配かもしれません。

今巻、芹《せり》が北御門家の人々の心配を割とスルーして、少し遠い友人の忠告や心配のほうをすんなりと聞いてしまうあたり、わりと普通のあるあるではないでしょうか。秋田も実際に身に染みているのですが、意外と忠告とか教えとか知識とかアドバイス、身内＜友人＜ちょっと知り合い＜テレビとか、で遠い順にまじめに受け取ってしまいません？

え？　ない？

「それもう言ってるし！」など半ギレで言われたりして、身内からするとわりと苛立《いらだ》つものだとは思うので、自分でも反省しつつ「芹、お前も反省しろ」と呟《つぶや》きながらキーボード叩《たた》いたりしておりました。

で、色々と身体《からだ》のぽんこつな部分も、大規模にメンテナンスいたしました。

次は、もっとはやく……七巻を六巻よりはお待たせしませんと言っておいて、ギリギリセーフだったことを大反省会しつつ、さらに次巻は期間を空けず、お届けしたいと思っております。しのとうこ様、いつも素敵な表紙絵をありがとうございます。

秋田書店様のミステリーボニータにて、コミカライズも連載しています。遠野由来子《とおのゆきこ》先生ありがとうございます。

そして、何よりも七巻を待っていてくださった読者の方々、ありがとうございます。

次もどうぞよろしくお願いいたします。

体重二桁《けた》落ちたけどリバウンドこわい　秋田みやび

富士見L文庫

ぼんくら陰陽師《おんみょうじ》の鬼嫁《おによめ》 七

秋田《あきた》みやび

2021年8月15日　初版発行

発行者　青柳昌行
発　行　株式会社 KADOKAWA
〒102-8177　東京都千代田区富士見2-13-3
電話　0570-002-301（ナビダイヤル）

印刷所　株式会社暁印刷
製本所　本間製本株式会社
装丁者　西村弘美

定価はカバーに表示してあります。　◇◇◇

●お問い合わせ
https://www.kadokawa.co.jp/（「お問い合わせ」へお進みください）
※内容によっては、お答えできない場合があります。
※サポートは日本国内のみとさせていただきます。
※Japanese text only

ISBN 978-4-04-074092-8 C0193